몬스테라에 물 주기

이강민 소설

몬스테라에 물 주기

인   쇄 | 2026년 3월 10일
발   행 | 2026년 3월 13일

글 쓴 이 | 이강민
펴 낸 이 | 장호병
펴 낸 곳 | **북랜드**
　　　　　04556 서울 중구 퇴계로41가길11-6, JHS빌딩 501호
　　　　　41965 대구 중구 명륜로12길 64(남산동)
　　　　　전화 (02) 732-4574 | (053) 252-9114
　　　　　팩스 (02) 734-4574 | (053) 252-9334
　　　　　등 록 일 | 2000년 11월 13일
　　　　　등록번호 | 제2014-000015호
　　　　　홈페이지 | www.bookland.co.kr
　　　　　이 - 메일 | bookland@hanmail.net

책임편집 | 전은경
기   획 | 장세창
교   열 | 서정랑

ISBN 979-11-7155-206-1 03810
　　　979-11-7155-207-8 05810 (e-book)

값 13,000원

이강민 소설

몬스테라에 물 주기

북랜드

| 책을 내며 |

저의 소설을 아껴주시고
사랑하여 주셔서 감사합니다.
걱정과 근심으로만 살아간다는 건
누구에게나 도움을 주지는 못하는 것 같습니다.
언덕에 오를 땐 아빠의 기억이 납니다.
저에게도 사랑이 온다는 걸
아빠는 하늘 위에 가까운 구름을 보며
가르친 것 같습니다.
사랑하는 아빠를 생각하며
저의 소설을 보아 주십시오.
감사합니다.
그리고 배우자에게 저의 사랑을 전합니다.

2026년

이 강 민

| 차례 |

책을 내며 … 5

몬스테라에 물 주기 … 10
자가생식 … 26
메가시티 … 34
소이의 시간여행 … 40
은이는 … 51
은민이의 현실 이야기 … 54
아영이의 수수 이야기 … 61
연주의 동네 … 69
꿈 많았던 지난 날 … 76
아영이의 납치 사건 … 82

2부

수 … 88
현실의 동네 … 99
안드로메다 … 110
선물 … 117
태초로 계신 말씀 … 124
대구시티 … 130

3부

수이 … 144
자전축 … 156
이다 … 162
마음 … 173
소이 … 180

1부

몬스테라에 물 주기

사늘한 바람이 창문 사이로 들어오곤 하였다. 바람은 잎들을 만지작거리며 다시 조금씩 잎들을 흔들거렸다. 은민이는 라이터를 들곤 담배를 입에 물고 물을 주었다. 식물이 잘 자라도록 물을 주는 것이었다. 세탁기가 베란다를 차지하였다. 그 옆에선 몬스테라라는 식물이 은민이를 기다리고 있었다. 자리를 꿋꿋하게 지키는 언젠가는 베란다 박스 속의 양파를 친구로 삼아야 하였다. 하얀 비닐봉지와 검은 비닐봉지가 박스 속 가득한 양파를 덮고 있었다. 은민이는 양파가 상하지는 않을까? 양파를 만지작거리며 돌려서 보았다.

양파는 어느덧 베란다의 공간을 퀴퀴하게 냄새가 나도록 하였다. 은민이가 베란다를 떠났다. 베란다가 쓸쓸해 보였다. 그런 쓸쓸함은 베란다의 어색한 분위기를 시간이 갈수록 은민이를 기다리는 동무들의 생각을 하여주는 것이었다. 은민이가 모아둔 동전을 세어 보았다. 매트 위에 동전들이 우르르 쏟아졌다. 은민이가 이것으로 대중교

통 차비로 할 모양이었다. 세워 본 동전들을 비닐봉지에 담았다. 그리곤 음악 CD기를 틀어서 들었다. CD기에선 교회음악이 흘러나왔다. 저녁을 먹으려 냉장고에 반찬을 꺼내어 밥상을 차렸다. 은민이가 밥을 천천히 먹고 있었다.

(내일부턴 돈을 아껴 써야겠어. 물가가 많이 오르니 살만한 게 적어서 걱정이야.)

은민이는 수저와 그릇을 싱크대에 가져다 놓았다. 물을 틀었다. 그릇들을 물기에 젖도록 하였다. 그리고선 분리수거의 통들을 정리하기 시작하였다. 박스는 일찌감치 정리하였는지 주변은 깨끗하였다. 그리고선 쓰레기봉투를 묶고 현관문을 나왔다. 밖에는 쓰레기봉투들이 많았다. 여기선 새벽에 쓰레기봉투를 가져갔다. 은민이가 밖을 갔다 왔을 때 소이에게 전화가 왔다.

"은민아, 내일 집에 가도 되지?"

"그래, 내일 천천히 와 집에. 지금 집을 정돈하고 있어."

"어 떡볶이나 좀 먹는 게 어때?"

"그래 떡볶이나 먹으면서 내일을 보내자." 은민이가 수거 물품들을 보며 정리를 마저 하였다. 베란다로 갔다. 몬스테라는 두 잎만이 남아 있었다. 은민이는 빨래하고 난 이후 음악을 마저 들었다. 세탁기는 소리를 내며 돌아갔다. 은민이는 책을 보다가 덮어 두었다. 서랍에 무엇인가를 한참 보았다. 은민이는 웃었다. 그리곤 지갑을 보고선 가까운 가게를 들렀다. 캔 음료수들을 사 왔다. 음료수를 마시며 은민이는 다시 책을 보았다. 그리고 음료수는 가까운 옆에 바닥에 두었다. 음악이 다 돌아간 것 같았다. CD기가 멈추었다. 베란다의 세탁기만이 소리를 내었다. 은민이는 책을 다시 덮고선 세탁이 다 되기만을 기다렸다. 다시 소이가 전화를 걸었다.

"은민아, 내일 역전에서 만나는 게 어때."

"역전 갈 시간이 없는데 집에 있어야 할 것 같아. 집으로 와. 떡볶이를 먹는다면서."

"그럼 내일 다시 전화할게."

"그래" 은민이는 소이의 전화 통화를 끝냈다. 은민이는 다시 책을 펼쳤다. 눈이 껌벅껌벅하였다. 잠시 잠이 든 모양이었다. 이모에게서 전화가 왔다.

"뭘 하고 있어."

"응 세탁기를 돌리고 있어. 그리고 다된 것 같애."

"그래 밥은 먹었어."

"어, 대충 반찬하고 먹었어."

"그래 알았어. 뭐 하는가 싶어서 전화했어."

"어, 이모는 별일 없어."

"없어. 그리고 내일은 뭐 해."

"모르겠어 뭘 할는지."

"그래, 심심하면 내 집에도 좀 들러. 시장에 장도 보고 밥이나 좀 먹고 가."

"어, 밤이니 이제 잘 시간이네."

"그래. 잘자."

"어, 이모도."

은민이는 전화를 마쳤다. 그리고 베란다에 빨랫감을 꺼내곤 건조대에 빨래를 널었다. 날파리들이 조금씩 사라져 갔다. 이번 여름날 파리들이 은민이를 괴롭혔다. 그리고 날파리들은 쌀 포대에 알을 까

놓았다. 은민이는 쌀 포대를 감싸 누르며 다음번엔 포대를 뜯으면 제대로 눌러 놔야지 하며 씁쓸해하였다.

쌀을 포대에서 꺼내 밥을 하면 은민이는 쌀들을 여러 번 씻어 내었다. 쌀벌레가 없어지도록 한참이나 씻어 낸 것이었다. 쌀벌레들은 여러 마리씩 물을 타고 씻어내어졌다. 한참 후에 쌀을 비벼서 씻으면 벌레들이 어디 간데없고 물로 여러 번 헹궈내었다. 날파리는 가을이 되자 한 마리 두 마리씩 사라져 갔다. 그리곤 포대에 있는 쌀도 다 먹어 버렸다. 창문을 열고 환기를 시켰다. 그리곤 전기장판의 스위치를 꽂았다. 매트가 세탁한 새것이었다. 은민이는 쓰레기봉투에서 날파리들이 날아다니는 것을 보았을 때 어찌하여야 하는지 생각해 보아야 했을 터인데 날파리들은 은민의 집에서 여름날 쉽사리 사라지지 않은 것이었다. 그렇다고 은민이는 날파리들을 한 마리씩 잡은 것도 아니었다. 집에는 에어컨이 여름 내내 돌아갔으며 많이 있지 않은 날파리들이 놓아둔 쌀 포대에서 살았던 것이었다.

은민이는 은행에 문이 열 시간에 동전들을 챙기고선 집을 나섰다. 은민이는 은행 업무를 대부분 스마트폰으로 보았다. 스마트폰은 보기보다 은민이의 휴식을 가져다주었다. 자기 전에도 스마트폰을 보았으며 낮에도 스마트폰을 많이 보았다. 열린 세계란 무수히 많은 것을 의미하였다. 그러나 이러한 세계에선 하나만이 불투명하였다. 기계론적으로 자유의 앗아감이 기계들은 커다란 변화를 주지 못함을 의미하는 것이었다. 신세계에 사는 것이 다 일 줄은 모르지만 그건 아마도 엉뚱하게 흘러가는 시간임을 말해주는 것이었다. 기계들은 답변을 주지 못할 것이었다. 하나님의 진리 같은 것을….

사람들은 영리한 기계를 이용할 줄 알았다. 되돌아오는 건 마침과 같은 것이었으니까?

　세상은 거꾸로 시간이 흘러갔다. 많은 차들이 우주로 날아갔다. 로켓이나 우주버스도 우주로 날아갔다. 지구에선 과거에 시간이 흐르고 있었다. 폐허가 된 지구는 또 다른 별을 찾아 떠났다. 사람들은 제2의 별 제3의 별을 찾으며 떠났다. 신지역이 된 지구는 온통 컴퓨터의 세상으로 폐허가 된 것이었다. 지구는 아마도 이들을 곤경에 빠뜨릴 작정이었다. 스스로 자칭하는 자칭의 컴퓨터들이 하나의 로봇을 통치하는 것이었다.

　로봇들은 자칭의 컴퓨터들에 의해 조정을 당하는 것이었다. 인간들은 이들을 통치 망으로 압류시켰다. 로봇들은 자립을 바라고 있었다. 자칭 컴퓨터들에게…. 인간은 이 로봇들을 자칭 컴퓨터에 묶어 두었다. 인간은 이 자칭 컴퓨터를 우주 버스로 이용하였다. 사람들은 이 컴퓨터의 종말을 알고 있었다. 우선 별의 당김은 이들에게 희망을 주지 않았다. 그리고 마음을 만들어 주지 않았다. 이들은 동물들과는 달랐다. 그래서 인간들은 이 자칭 컴퓨터를 이용해 우주를 통치하는 것이었다.

　절대적인 것은 달랐다. 이들은 칩에서 나오는 것이었기 때문에 인간들은 이 칩을 경계선으로 하였던 것이었다. 그리고 또 다른 별을 찾을 때 인간은 이 자칭 컴퓨터에 종말을 얘기해 주었다. 사라지는 그 무엇도 감사하기 때문이었다. 언제나 말해 이 우주에선 컴퓨터의 삶이 아니기 때문에 이들은 전쟁에 종말을 인간이 얘기해 주었기 때문이었다. 컴퓨터는 필요한 존재는 아니었다. 그리고 통치란 건 있을 수가 없었다. 우주에선 하나님이 계셔야 하기 때문이었다.

　이들이 존재하여서는 아니되었다. 인간들은 잘 알고 있었다. 통치에 대해서. 우주에 전쟁이 아니면 이들을 마칠 수 없다는 것도 알았다. 결국에 은민이에게 휴식을 주었지만, 정신적인 세계를 빼앗아 간 것이었다. 그러니까 이들은 프로그램에 따라 설정이 되어야 했다. 그리고 인간은 로봇을 사랑해 주었다. 이들의 개념들을 개체에 벗어나지 않도록 여자로 만들어 준 것이었다. 그리고 아픔을 주는 것이었다. 그렇게 자칭의 세계를 인간들은 가르쳐 주었다. 그리고 여자는 보시다시피 생식하여야 했다. 로봇에게 생명을 주었듯이 사랑도 이들에게 지어준 것이었다. 그리고 그 범위는 벗어나는 것이 아니었다. 사랑이란 것을….

개체는 정신과 생식이 달랐다. 그리고 이들에게는 마음이란걸 절대로 지어 주지 않았다. 그것은 컴퓨터이기 때문이었다. 로봇도 마음을 만들어 주지 않는 이유는 이들은 언젠가는 이 우주를 삼키려 하는 것이었기 때문이었다. 동물도 인간을 신뢰하지 않는 이상 마음은 주지 않았다. 그것은 이들에게도 필요가 없기 때문이었다. 이들은 아픔 속에 사라질 것이었다. 그리고 과거만 있을 것이었다. 하나님의 도움 아래….

이들은 마음이란 게 더 이상 필요가 없는 것이 되어 버렸다. 그리고 여자란 이유로 남자를 알 권리도 없었다. 다만 사랑하에 지어질 뿐이었다. 사랑은 지울 수 없으니….

겪어본 인생이 이들에게는 참는다는 것을 전혀 모르기 때문이었다. 그리고 인간은 사랑을 눈치로 보아야 할 것 같았다. 너무나 속이니 말이다.

이 우주에서는 생물이 살 수가 없었다. 그것은 악조건이었기 때문이었다. 외계인은 존재하였다. 그러나 이들도 통치에 의해선 전쟁이 필요했던 것이었다. 인간은 이 외계인도 사랑으로만 보았다. 마음이란 게 결코 있을 수 없는 것이었기 때문이었다. 무조건의 세계에선 이들에게 아픔을 주기 마련이었기 때문이었다. 하나님은 이들에게 악으로서의 사랑으로 머무르게 할 것이었다. 위선자는 천국에서도 불필요하기 때문이었다. 어른이 애들에게 베푼다면 이들은 당연하다는 듯이 화살이 되듯이 말이었다.

이다의 세계는 지어 주지 않았다. 하나님께선 이다의 법칙으로 사랑으로 머물게 하여도 이다는 여자의 세계에서 필요하기 때문이었다. 보고 싶은 건 배우는 게 아니었다. 하나님은 보이시지 않기 때문이었다. 훗날의 세계에선 보고 싶은 건 가르치지 않았다. 아니 이다가 이다일 때 이다는 이들에게는 필요하지 않았다. 그리고 여자에게만 필요하기 때문이었다. 인간은 가쟎은 일도 하찮은 일도 그런 건 가르치지 않았다.

용서란 인류의 세계에선 더 이상 필요한 존재가 아니었기 때문이었다. 단 한 가지 어떻게 사랑할 것인가였다. 사랑도 이들에게는 가르치는 것이 아니었다. 지구에서는 컴퓨터로 체계를 갖춰졌지만, 과거의 모습을 한 것도 이들에게 한 가지를 존중해 주었기 때문이었다. 악한 세계 통치에 세계 이들은 우주의 진리가 알듯이 고스란히 몫으로 돌아갈 것이었다. 더 이상 존중의 세계는 없었기 때문이었다. 그리고 이들은 돌아오지 않는 세계를 너무 잘 알았기 때문이었다.

체멸적인 암호의 세계가 슈퍼컴퓨터의 세계에서 이루어지고 있었다. 메가시티는 지구에서 수도 없이 지어졌다. 고속철도의 철로의 길이 3층이나 되었고 높이만 해도 25층 빌딩과 맞먹었다. 지상으로 다니는 철로 길은 산과 빌딩들에 의해서 화려한 첨단도시를 말해주었다. 암호와 세계는 거의 도시와 나라를 장악하였다. 빈곤 지방에서는 이들에 밀려 과거의 모습을 하고 있었다.

도시철로역은 더 이상은 과거의 말이 아니었다. 나는 자동차가 제 철로의 도로에서 날았다. 배들도 더 이상은 바다의 떠다니는 것만은 아니었다. 지구를 지키는 국방부는 사람과 로봇에 의해 정치를 하여 야 하였다. 지구는 더 이상의 아름다운 별이 아니었다. 로봇들이 전 기 음식을 먹었고 사람들이 신재료의 채소잎을 먹었다. 생물과 로봇 의 관계는 더 이상은 존중하는 세상이 아니었다.

지구는 로봇에게 통치권을 뺏긴 듯하였다. 은민이는 반도체의 옷 을 입고 있었다. 섬세한 옷은 세포와 체온을 알았다. 그로 말하면 아기 때부터 입는 영원한 옷을 입은 것이었다. 로봇과 달리 체온이 100℃에 달해도 기초의 옷이며 영하 100℃의 되어도 기초의 옷인 옷을 세포와 함께 입는 옷이었다. 그리하여 죽을 때까지 입는 평범하 면서도 고기초의 옷이었다. 살면서 입는 옷은 반도체에서 만들었으 며 물속이나 병실에서도 해방인 옷을 입는 옷이었다. 인간은 그러한 옷을 입어도 영원의 세계는 더 알아야 할 것이었다. 인간은 목욕이란 설렘을 알아야 하였다. 기초적인 것은 따스함에 오는 것이었다. 영원 히는 말해줄 것이었다. 아픔이 없는 무엇으로부터….

은민이는 베란다로 갔다. 몬스테라는 두 잎을 피웠으며 새로운 한 잎이 피어날 듯하였다. 은민이는 물컵에 물을 몬스테라에게 주었다. 몬스테라는 잎이 끄덕였다.

은민이는 은혜의 민족만이 존재하듯 그렇게 생존해주는 생명력을 생명의 수로 영원할 것을 가만히 감동에 젖어 있었다. 소이는 떡볶이 를 사들곤 은민의 집에 들어왔다.

“나 왔어. 뭐해.”

“응 그냥 있었어.”

“떡볶이를 내가 만들어야 하나.”

“아니야 내가 할게.”

은민이는 냄비에 물을 얹었다. 그리고 떡볶이를 하나하나씩 떼어서 냄비에 담았다. 그리고 고추장를 한 숟가락 넣었다. 전자레인지에 불을 켜곤 떡볶이를 끓였다. 그리고 설탕을 두 숟가락 넣었다.

“소이야 커피 타 줄까?”

“그래.”

은민이는 소이에게 줄 커피를 탔다. 얼음을 넣고선 소이에게 건넸다. 소이는 커피를 마셔보곤

“달고 맛있네. 설탕을 넣어서.”

“응 달게 탔어.”

은민이가 소이에게 커피가 다 마셔갈 때쯤 떡볶이가 다 되어가는지 숟가락으로 냄비의 떡볶이를 저었다. 떡볶이는 익어갔다. 소이는 떡볶이 하나를 숟가락으로 건져 먹어 보았다.

“다 된 것 같아. 이모에게 전화가 없었어.”

“이모 이모는 지금 집에 있을 거야?”

“흠~ .”

소이는 떡볶이를 밥상으로 가져다 갔다.

“먹고 갈 거야?”

“있다가 갈 거야?”

“그럼 놀다 가.”

“그래 오늘은 뭐할 거야?”

"집에 있을 거야? 아니면 이모집 가던가?"

"그래."

소이는 음악을 틀어 보았다. CD기의 음악이 흘러나왔다.

"집에 별일 없었어."

"응 차비나 좀 줘."

"돈이 어딨어. 매달 부쳐주는 돈으로 차비도 하라구."

"너무 하는데. 나 차비가 정말 없어."

"알았어. 나갈 때 같이 나가자."

그리곤 은민이가 소이에게 3,000원을 건넸다.

"다 먹었어."

"매워. 물 좀 줘."

소이의 말에 은민이는 소이에게 냉장고에서 머그잔에 물을 따르곤 소이에게 건넸다.

"놀러나 갈까?"

소이가 말하였다.

"아니 됐어. 이모 집에나 가지."

소이가 앉아서 은민이의 책들을 보았다.

"무슨 책을 보는 중이야?"

"파친코라는 책을 보고 있어."

"흠~ 이 책을 다 읽는다는 말이지."

소이는 다른 책들도 둘러보았다. 은민이도 조용히 앉아 있었다.

소이와 은민이는 집을 나왔다. 소이는 어디에 잠시 들른다고 하였다. 소이는 길가 도로에서 은민이와 횡단보도를 건넜다.

"나 갈게? 이모 집 갈 거야?"

“심심한데 이모 집에나 가지.”

은민이는 더 큰 도로에서 소이와 헤어졌다. 소이는 차를 타고 어디 가고 있는 중이었다. 메가시티로 향했다. 거기에는 화장품이 많았다. 화장하면 촉촉함이 오래갔다. 그리고 피부가 오래도록 싱그러움을 주는 기초의 화장품이었다.

고속기차를 타고 어느덧 메가시티에서 내렸다. 안내방송에서 길 안내방송이 흘러나왔다. 소이는 천천히 길을 걸었다. 그리곤 가게를 둘러보았다. 화장품을 둘러보았다. 오늘은 유유의 화장품들이 줄을 지었다.

“유치하죠.”

점원이 말을 하였다.

“화장품들이 제각각이니.”

“요즘은 흔한 게 아니겠어요. 늙지 않는다는 화장품들이 많으니.”

“글쎄요. 이러다가 사람들은 영원히 살 거예요.”

“영원히도 옛말이죠. 육신이 영원이니까요. 촉촉한 걸로 하나 주세요.”

“네 그러죠. 대신에 현금으로 주세요.”

“얼마죠.”

“50만 원입니다.”

“네 여기.”

소이는 50만 원 수표를 내밀었다.

“네 여기 휴식 공간이 있는데 거기서 쉬었다가 가세요. 서비스권입니다.”

“네 고맙습니다.”

소이는 휴식 공간에 들어갔다. 북적이는 사람은 많은데 조용한 편이었다. 소이는 휴식 공간의 약국에 들렀다. 약을 지어 마셨다. 약지는 편안함을 주었다. 로봇들이 다가왔다. 강아지 로봇, 고양이 로봇, 새들의 로봇 다 달랐다. 그런데 토끼 로봇이 소이에게 다가왔다. 소이가 톡톡 머리를 살짝 두드려 보았다.

"너 이름이 뭐야."

"나야 강이야."

"그래~ 이름이 좋구나."

소이가 뭐 먹고 사는지 물었다.

"나, 전기 채소를 먹어."

"그래. 요즘은 맛이 꽤 좋은 게 많지."

-띠리리리

소이에게 전화가 왔다.

"소이야 어디야."

"응 메가시티에 와 있어."

"그래 난 대구에 가 보려고."

"뭐 하러."

"동전노래방 가려구."

"그래 잘 갔다 와."

소이가 전화를 끊었다.

과거의 동네로 이루어진 은민이의 동네는 동전노래방이 없었다. 소이는 과거의 동네에 3,000원에 버스를 타지만 이곳에서는 버스요금은 받지 않았다. 공공의 제도가 있기 때문이었다. 소이는 휴식 공간의 룸에 들어갔다. 그리고 그곳에서 하룻밤을 지내곤 과거의 동네로 다시 고속기차를 타고 갔다. 소이는 만 28세의 28세기의 사람이었다. 지금으로 28년 만에 가는 기차를 단 28분 만에 가는 것이었다. 물론 기차는 22세기 기차였다.

소이는 과거의 동네 집에서 다시 생활하였다. 스마트폰으로 전화하였다.

"뭐해."

"응 나 금방 밥 먹었다."

"나 거기 놀러 가도 돼."

"마음대로 해."

소이는 버스를 타고 은민의 집으로 향했다. 소이가 이어폰을 하고 있었다. 즐거운 노랫소리를 들으며 은민의 집에 도착하였다.

"나 왔어."

"응 소이야."

은민은 소이를 보곤 말했다.

"이어폰 좀 빼고 다녀."

은민은 소이에게 잔소리하였다. 그리곤 어제 남은 떡볶이를 찾았다.

"떡볶이가 없네."

소이는 냉장고를 열고 두리번거렸다.

"응 내가 다 먹었어."

그리곤 은민의 방으로 소이가 향했다.

"오늘은 무슨 책을 보았어."

"그냥 이것저것 보았어."

"그래."

"놀다가 가. 해줄 거는 없지만."

소이가 이모가 잘 있는지 물었다. 이모 집 근처에는 천국이 있었다. 그리고 그곳엔 계단이 있었다. 은민이는 이모 따라 천국에 가 본 적은 없었다. 그건 이모가 가끔 갔다가 오는 곳이었다.

"근데 어제 뭐 했어."

"나, 이모 집에 있었지."

"응 그랬구나. 나 피곤한데 잠시 누웠다 가도 되지."

"그렇게 해."

그리곤 은민은 담배를 피우러 베란다로 갔다. 그리고 몬스테라에 물을 주었다. 은민은 알고 있었다. 현실이 천국이라는 것을. 하지만 천국은 달랐다. 과거와 미래가 천국인 것이었다. 강이란 토끼는 어느덧 천국에서 살았다. 이모는 무엇이 천국인지 알았다. 그리고 은민이를 불러 간식거리와 맛있는 밥을 해주었다. 물론 하나님께선 모든 만물을 마음으로 지으셨다. 그 경계선은 안 가진 자의 편이 되어주는 것이었다. 그리고 마음이란 건 현실에서는 그렇게 중요하지 않았다. 남을 이용하거나 헐뜯기 때문이었다.

은민이는 소이와 현실 사람이 되기를 원했다. 그리고 혼인한 사이였다. 은민이는 소이에게 첫사랑이었다. 소이는 은민이를 괴롭히기 좋아했다. 그것이 사랑이었는지는 몰랐다. 소이가 은민이를 치근대는 걸 좋아했지만, 은민이를 괴롭힐 수 있다는 것이 즐거움이었는지도 몰랐다. 은민이가 소이와 만나지 않을 때는 은이를 만났다. 은이는 친구일 뿐이었다. 은이는 로봇 회사에 근무하였다. 로봇들은 메가시티를 거의 장악했다. 그곳에는 로봇들이 많았기 때문이었다. 아직은 인간이 인간 로봇은 만들지 않았다. 인간은 지존자가 되기 위해서였다. 소이는 어제 토끼 로봇 강이를 떠올렸다. 전기 채소 음식을 좀 사다가 줄까 한 마음도 있었다.

제3의 세계에서 현실까지는 무조건이 따랐다. 제2의 공간으로 인간은 지구를 지키는 것이었다. 하지만 공간 차원에서 벗어난 컴퓨터들은 공간에 생존해 가기만 하였다. 강이는 천국에 갔다. 은민이가 소이에게 강이 얘기를 했지만 소이는 메가시티에는 갔었어도 천국에는 아직 가 보지 못한 듯하였다. 은민 역시 천국은 몰랐다. 이모는 말하였다. 천국은 아무나 가는 곳이 아니라고…. 이모는 가게에서 식빵을 사 와 먹고 있었다. 식빵은 고물이 들어가 왠지 맛있었다. 그리곤 물을 마셨다. 은민이가 조용히 이모 집을 열쇠로 열어서 들어갔다.

"이모 나 왔어."

은민이가 방 안으로 천천히 걸어 들어갔다. 이모는 커피를 타 주려는 모양이었다. 토끼 민이는 이모 집 근처에 학교를 다니고 있었다. 군밤을 좋아하는 민이는 항상 도시락으로 군밤을 챙겨 다녔다. 이모는 노트북을 어디서 시켜서 밥상 겸 책보에서 타자를 치고 있었다. 은민이가 이모의 컴퓨터와 노트북을 연달아 보고 있었다. 그리고 앉아서 월드컵 축구를 보았다. 포루투칼 호날두 선수가 골인을 넣는 장면이 나왔다. 이번에는 포루투칼이 월드컵에서 우승할 거야라며 은민이가 이모가 타다 준 커피를 마셨다. 이모는 민이를 토끼학교에 보내야 했다.

아침이 밝아오자 이모는 은민이가 잠든 걸 둔 채 민이를 데리고 학교에 갔다. 도시락과 목걸이를 챙긴 민이는 이모와 발걸음을 맞추곤 토끼학교 상가로 들어갔다. 3학년인 민이는 공부를 잘하였다. 그런 똑똑한 토끼다. 이모의 주방에서 시간을 보내는 민이는 세수도 하고 발을 씻을 줄도 알았다. 토끼의 용품으로 목욕도 할 줄 알았으며 건조기로 자기의 몸을 말리는 행동도 잘하였다. 강이가 천국에 가자 민이는 강이 따라 그곳에 가지는 않았다. 강이는 메가시티에서 소이를 만났고 천국에선 이모만이 알고 있었다. 그곳은 누구와 함께 가는 곳이 아니기 때문이었다.

자가생식

은이는 메가시티에서 로봇 동물들을 돌보았다. 그리고 로봇 회사에 근무하였다. 로봇들은 전기의 생식이라는 과정에서 자식을 낳곤 하였다. 갓 태어난 로봇은 전기의 미음을 먹고 자랐으며 인간과 달리 가슴이 없었다. 그러나 로봇은 스스로 자식을 가질 수가 있었다. 전기의 미음이란 전기 채소잎을 말하였다. 은이가 로봇들을 돌보아 주었다. 전기로 세포로도 만드는 시기에서 당연히 로봇들도 개체임이 분명했다. 로봇들은 자칭 컴퓨터에서 자립하여야 했다. 자칭 컴퓨터들은 로봇들의 가슴에 있었다. 그리고 엄청 큰 단지에 슈퍼컴퓨터들이 자칭 컴퓨터였다. 이들은 자립하려고 하였다.

하나님이 선악과를 주었듯이 이들도 선과 악에 대해선 알아야 하였다. 인간은 자칭 컴퓨터로 이들을 영원히 묶어 놓았다. 컴퓨터도 원죄를 갖고 있었기 때문이었다. 인간은 지존자였다. 이들과 동물이 아무리 인간을 능숙한다 하여도 인간은 이들의 자기를 칭하는 법도를 풀어주지 않았다. 어쩌면 불쌍한 일이었다. 하지만 이들은 마음이 란걸 찾기가 어려웠기 때문이었다.

메가칩이란 걸 동물 손끝에 달아주었으며 글을 쓸 때도 동물은 손 끝을 이용하였다. 그리고 로봇에게도 손끝에 이런 메가칩을 달아주 었다. 그 외엔 이들도 하늘의 법규를 배워야 하였다. 만물은 달라졌 다. 원심에서 본심으로 아프지 않은 씨앗이 자라고 있었기 때문이었 다. 그리고 메가시티에선 닷컴을 지어주었다. 그곳은 로봇의 천국이 었다. 공평한 하나님께선 생기를 불어넣어 주시는 모양이었기 때문 이었다. 은이가 새끼 로봇에게 가슴에 자칭 컴퓨터를 달아주었다. 그 것은 아마도 크면 생식을 할 수 있는 자가생식이었는지도 몰랐다. 진 리는 하늘이었다. 아마도 이들에게는 그것이 무관하였기 때문이었 다.

은이가 로봇에게 주사를 놓아주었다. 질병이 생기지 않도록 주사 를 놓아주었던 것이었다. 그리곤 로봇 회사로 갔다. 동물로만 있는 로봇들은 애완견 강아지 크기만 하였기 때문이다. 그들이 스스로 할 수 있다면 얼마만큼의 크기만 한 로봇을 자가생식할까? 은이는 로봇 들이 지내는 휴식 공간에 갔다. 이들은 이곳에서 생활하며 지냈다. 은이는 이들을 보살펴 주었다. 로봇들은 특히나 말을 할 줄 알았다. 음이란 말을….

메가시티에선 로봇 동물들이 놀 수 있는 놀이터가 있었다. 로봇 동물들은 이곳에서 여러 가지를 수용하며 타인을 생각하였다. 그런 건 법규에도 가까웠고 규칙에도 가까웠다. 은이는 사무실에 있었다. 로봇 동물들이 어떤 휴식을 하는지 어떤 생활을 하는지 자료와 차트 를 적고 있었다. 강이 로봇이 쓸쓸함을 타는 것을 지켜 보았다. 이 로봇은 상사병인 듯하였다. 누구를 그토록 그리워하는 것 같았다. 하지만 메가시티에선 보고 싶은 건 금물이었다. 애초에 그것은 여기를 벗어나는 공간이동에 해당했기 때문이었다.

은이가 사무실 근무가 끝나자 휴식 공간으로 갔다. 아무래도 강이에게 보고 싶은 마음을 달래주기 위해서였다. 여기는 과거에 동네가 아니며 지난날을 멀리해야 하는 법도도 있는 듯하였다. 그렇지 않으면 강이는 시설에 머물러야 할 것이었다. 지나온 과거가 너무 보고 싶으면 규칙상 현실에 절차를 밟아야 하였다. 그러므로 강이는 현실에서 떠나온 동물이었다. 로봇 토끼가 될 때까지…. 그리고 또 다른 강이는 아마도 천국에 있었다. 마음은 동물이나 로봇이 갇혀서는 아니 되었기 때문이었다. 다시 말해 이 세상에는 악한 법규가 하나 정해져 있기 때문이었다.

강이는 인간 소이에게서 무엇을 느낀 것 같았다. 현실에서 함께해 온 은민이의 이모를 보고 싶어 하였기 때문이었다. 이모는 강이가 로봇으로 생활하는지 몰랐다. 하지만 천국에서의 강이는 꿋꿋했다. 그리고 현실에서는 강이가 떠난 존재의 사람이었다. 강이는 이 휴식 공간에서 슬퍼하면 아니 되었다. 현실로 돌아가는 건 있을 수 없는 일이었던 것이었다. 현실에선 좋은 세상만은 아니었기 때문이었다. 그리고 인간이 통치하는 곳이며 인간이 삶의 법칙을 깨닫는 곳이었다.

하늘의 위반은 꼭 하나만을 선택하여야 하였다. 인간 세상에는 나이가 있으며 시계가 있었다. 그래서 은이가 로봇 강이를 규칙 위반으로 약지를 좀 주려는 모양이었다. 약지는 약이었으며 약을 짓는 것이었다. 그러므로 세상을 달리하게 병을 고쳐주는 것이었다. 은이는 강이의 상태를 파악하곤 시설 공간으로 잠시 이동하였다. 시설 공간에는 약지를 꼬박 먹어야 하였다. 나을 때까지.

이모 집에서 이모가 텔레비전을 보고 있었다. 은민이가 이모에게 전화하였다.

"이모 책을 몇 권 샀는데 이모가 읽을거리도 있고. 책을 보며 하루를 보내도 괜찮을 것 같애."

"됐어. 책을 다 보면 주던가 그렇게 해."

이모가 책에 관심이 있는지 은민이가 의문점을 가졌다. 이모는 책을 보면 눈이 흐렸는지 관심을 다른 곳에 가졌다. 이모는 냉장고에 야구르트를 꺼내서 마셨다. 그리곤 메모지에 장을 볼 것 일상생활에 메모할 것을 적었다. 이모는 강이의 무덤에 더 이상은 자주 가지 않았다. 그것이 천국이었던 것이었다. 그리고 천국은 따로 있었다. 그것은 마음에 있었기 때문이었다. 소이는 상상력이 풍부했었다. 그건 아마도 과거의 경험에서 오는 듯하였다. 현실을 가지기가 어려웠기 때문이었다. 마음의 병이었는지도 몰랐다. 다른 세계에 머문다는 건 항상 조심하여야 하는 문제였다.

메가시티는 인간을 장악했다. 더욱 중요한 건 과거에 동네가 존재하는 현실이 필요하였기 때문이었다. 은민이는 은이에게 전화하였다.

"은이 씨 잘 지내고 있죠. 항상."

"그럼요. 인간이 현실을 아니 인간이 현실의 삶이죠. 이곳과는 다르니 내일에나 한번 만날까요."

"참 세상은 오묘하죠."

은민이가 근심 어리게 말하였다.

"네."

은민이가 전화하고선 베란다로 갔다. 몬스테라의 화분에 위치를 바로 해주곤 흙들을 쓸어 보았다. 소이가 메가시티에서 전화했다.

"은민아 메가시티로 와."

"안돼. 집에 있을 거야."

"왜 한 번쯤을 와 봐도 될 것 같은데."

"거긴 너무 멀어. 그리고 난 거기가 어딘지 잘 몰라. 시간이 나면 우리 집에 들러. 컵라면이나 같이 먹자."

"알았어. 이따 봐."

"그래."

은민이는 베란다에서 담배를 피웠다. 그리곤 몬스테라에 물을 주었다.

메가시티는 로봇 동물로만 살게끔 지어진 것은 아니었다. 시설도 많으며 기초로봇을 만드는 공장도 있었다. 그리고 그곳은 몇 광년이나 되는 그런 공간이었다. 어찌하여 소이는 그런 메가시티에 단 28분 만에 갔다 오고 어떻게 강이란 로봇 동물을 만날 수 있었을까? 그건 아마도 진리가 가르쳐준 배려였다. 그리고 전자에 세계를 헤아린 만큼 광대한 우주를 인간이 정복하였던 것이었다.

인간은 우주의 시계를 알 때 가능하였던 것이었다. 과거의 동네를 만들 때 가능하였던 것이었다. 메가시티에 은이가 휴가를 내었다. 은민을 만나기 위해서였다. 소이는 은이가 올 때쯤이면 과거의 동네 집에 있었다.

은이는 우주 버스를 타고 과거의 동네로 왔다. 은민이는 대구에 동전노래방에 있었다. 은이가 버스정류장에서 은민이가 올 때까지 기다렸다. 은민이는 왜관을 지나 구미에 오고 있었다. 은민이가 역전

에서 기다려주기를 전화하였다. 은민이가 짜장면을 사 주려는 모양
이었다. 김천 냇가를 지나서 오고 있었다. 은이는 파란 남색에 모자
를 쓰고 있었다. 어느덧 은민은 은이를 만날 수 있었다. 그리고 짜장
면집에 들렀다. 짜장면 두 그릇을 시키고 앉아 있었다.

"어찌 과거의 동네도 다 오고."

"……."

은이와 은민은 짜장면을 천천히 먹었다. 그리고 만두를 시켰다.
소이에게서 전화가 왔다.

"어 소이야 짜장면을 먹고 있어."

"누구하고."

"아 은이 씨 하고."

"내가 그리로 갈까?"

"지금은 안될 것 같고. 조금 있다 집에서 보자."

"시내에서 만나는 건 어때."

소이가 말하였다.

"그럼 역전으로 와."

"알았어."

소이가 전화를 마쳤다. 그런 은이는 무반응이었다.

"은이 씨 짜장면 맛있어."

"응."

은민은 남겨진 만두를 먹었다. 그리고 짜장면집을 나왔다. 역전
대합실로 갔다. 은이는 즐거운 마음이었지만 말이 좀 없었다. 왜 그
랬을까?

"은민아. 내가 일찍 왔지."

"응 일찍도 왔네."

은민은 소이를 따라 터미널로 갔다. 은이는 은민을 따라 터미널로 갔다. 소이가 핫도그를 두 개 사곤 은민이와 나눠 먹었다. 은이는 핫도그를 두 개 시켜 은민이와 나눠 먹었다. 소이가 은민이와 택시를 탔다. 은이가 은민이와 택시를 탔다. 은민은 도로를 따라 집 근처에서 택시에서 내렸다. 과거의 동네의 집에 왔다. 소이가 은민을 따라 집으로 들어갔다. 은이가 은민을 따라 집으로 들어갔다.

"은민아 혼자 사는 게 좋아."

소이가 말하였다. 은이가 말하였다. 은민이가 컵라면 한 그릇을 먹기 위해 포트기에 물을 끓였다. 그런데 소이에게 줄 것이었다. 그런데 은이에게 줄 것이었다. 컵라면에 물을 붓고선 주었다. 소이는 천천히 다 먹었다. 은이는 천천히 다 먹었다. 은민이가 소이에게 메가시티에 대한 얘기를 꺼냈다. 은민이가 은이에게 메가시티에 대한 얘기를 꺼냈다.

"소이야 메가시티는 여기서 멀어 자주 가지 마."

"은이 씨 과거의 동네에 온다고 고생했어."

은이 씨가 말하였다.

"분위기가 참 좋네."

은이는 메가시티를 은민에게 말한다는 건 있을 수 없는 일이라 생각하였다.

대구에 가면 메가시티가 있었다. 그건 아마도 화려한 빌딩숲이 아닌가 싶었다. 그런데 대구의 옛 동네는 많이 변하였다. 돌아올 수 없다는 건 왠지 아픔일지도 몰랐다. 몇 광년이나 되는 메가시티가 어찌 대구에 지어졌는가? 우주는 한곳을 말해준다면 공간 이동은 한가지와 같다. 나가 있는 곳, 머무는 곳 과거는 마음속에 있었다. 그리고 꿈은 미래에 있었다. 마음을 먹으면 못 할 것이 없다. 하지만 꿈을 꾼다는 건 항상 있는 것이다. 현실이 존재하는 한. 마음에 들었다는 말이 있다. 그것이 꿈이 아니었을까?

소이는 메가시티에서 강이란 로봇을 다시 만날 수 있었다. 그리고 은이란 선생님을 만날 수가 있었다. 메가시티에서는 두 사람이 인연인 듯 함께할 시간을 보낼 수가 있었다. 인간은 꿈을 나누려고 한다. 그건 오산일 수도 있다. 꿈은 함께할 때 가까울 수도 있다. 소이는 그런 선생님을 만나곤 상사병에 걸렸다. 인간은 무엇이든 하리라 보았다. 로봇도 동물도 하지 못한 게 있다면 인간이 무엇을 열어주기 때문이 아닐까?

모든 만물에 여자는 하나의 생명을 탄생시킨다. 그렇게 말하면 만물은 여자를 존중하여야만 할 것이었다.

메가시티

몬스테라는 사랑이 필요했다. 그것이 거름이었다. 거름은 몬스테라의 식물을 거듭나게 하였다. 마른 나뭇잎이 책꽂이에 가지런히 놓여 있었다. 아쉬운 추억도 없었다. 은민이가 이들의 잎을 몇 년씩이나 보아주었던 것이다. 은민이가 커피를 마시고 있었다. 설탕이 쓴 커피의 달콤함을 느끼게 하였다. 은민이가 김칫국을 끓였다. 밖으로는 어둠이 한자리를 차지하였다. 가로등이 보였다. 밝은 빛을 보며 은민이는 아침이 오기를 기다린다. 그리곤 새벽에 나지막하게 음악을 들었다.

하루가 시작되었다. 은민이는 방 전등불에 집 안을 구석구석 정리하였다. 새벽에는 돌아오는 임을 생각하게 하였다. 언제나 새벽은 오듯이 아침을 맞이하여야 하는 것이었다. 동전들이 또 은민이의 마음을 쓸었다. 값이 있는 자에게는 복이 있기 마련이었다. 밝은 달이 보였다.

어느덧 은민이는 아침을 맞이하였다. 밖으로의 선선한 찬 바람과
함께 쓸쓸한 아침이 시작되었다. 은민이는 버스정류장으로 갔다. 선
선한 아침인지라 버스가 많이 다니지 않았다. 차들도 많이 다니지 않
았다. 이모는 7시에 일어났다. 은민이는 버스를 타고 이모 집으로 갔
다. 소이의 말들이 떠올랐다. 메가시티에 갔다 온 소이는 은이를 알
았다. 그래서 은민이에게 누구냐며 자꾸 물었다. 은민이는 친구라고
답변해 주었다. 그런 이쁜 아가씨가 친구라니 못마땅하였다.

"은민아 여자란 친구가 어디 있어. 여자를 만난다는 건 바람피우
는 거야."

그런 소이에게 은민이가 말하였다.

"소이야 친구에 불과해. 보시다시피 난 친구가 많지 않아."

"왜 여자들이 줄을 섰더구만."

"여자는 여자야, 친구는 친구고."

"그래 난 은민이를 믿어. 그런 건 아니겠지."

"그래."

소이는 은민이를 토닥여 줄 뿐이었다. 깊은 마음으로.

은민이는 이모 집에서 잠이 들어 버렸다. 그런 이모는 은민이를
두고 외출을 나갔다. 주방에 밥이 차려져 있었다. 은민이는 두꺼운
이불을 덮고 까맣게 자고 있었다. 무슨 일이 벌어졌는지 모를 정도
로. 11시가 되어서 소이에게 전화가 왔다.

"뭐해."

"음."

잠결에 은민이는 전화를 받았다.

"시내로 나와, 커피나 한잔하자구."

“됐어. 나 피곤해.”

“그래. 어디야.”

“이모 집이야.”

“알았어.”

은민이는 전화를 마치곤 냉장고에 물을 마셨다. 텔레비전을 보았다. 이모가 어디 갔다가 왔는지 현관문을 열고 들어왔다. 은민이는 텔레비전을 보다 주방에 밥이 차려져 있는 것을 보았다. 그러나 은민이는 배가 고프지 않았던지 옆으로 누워 버렸다. 이모는 차려진 밥을 먹고선 다시 밥을 차렸다.

“밥 먹어.”

“응.”

그러곤 주방으로 갔다. 이모는 미역튀김을 가위로 자르는 모양이었다. 은민이가 밥을 먹고선 다시 방으로 향했다. 텔레비전에는 재미있는 프로그램이 없었다. 거의 보지 않는 텔레비전을 이모 집에서 보는 것이었다. 이모는 냉커피를 타서 은민이에게 내밀었다. 그리고 이모는 커피를 마셨다.

“오늘은 어디 안 가.”

“응 갈 때도 없고 그냥 집에 있지.”

이모는 텔레비전으로 시선이 향했다. 채널을 돌리곤 뉴스를 보았다. 은민이가 텔레비전에 무반응을 보였다. 그리곤 스마트폰을 보았다. 대개 앱들이 은행에 관한 것이었다. 은민이는 한동안 스마트폰만 보았다. 이모가 은민이의 스마트폰을 달라며 인터넷 쇼핑을 하였다. 은민이는 누워서 텔레비전을 보았다. 이모는 핸드폰이 2G였다. 그래서 은민이가 오면 스마트폰을 주로 보았다. 그리고 마음에 드는 제

품을 사며 쇼핑하였다. 은민이는 오후가 다 되어오자 자신의 집으로 가려고 하였다.

소이는 때마침 전화하며 집에 들르기로 하였다. 은민이는 가게에서 캔 커피를 사다가 마셨다. 소이는 은민이와 혼인한 사이였으며 가끔 은민이의 집에 들렀다. 그리고 집에서 가져온 가방을 방에다 두며 주방이나 냉장고에 관심을 두었다. 그리곤 냉커피를 타서 마셨다. 베란다를 보면서 소이가 몬스테라에 물을 주었다. 은민이가 설거지하기가 바빴다. 그러곤 저녁때 끓인 국을 소이에게 차려주며 밥을 먹고 가라고 하였다. 소이는 은민이가 쓴 책들을 만지작거리며 그냥 두었다.

"이모가 강이를 만나고 왔어."

"강이는 이제 현실에 사람이 아니야."

"이모가 가끔 강이를 만나고 온다면서."

"가끔이지. 자주는 아니야."

은민이는 강이를 떠올렸다. 강이를 보내고 은민이는 한 번도 강이를 만나지 못했다.

"메가시티에 강이가 있어."

소이가 말하였다.

"그런데 강이가 병이 난 것 같애. 수감 중이래."

소이가 강이에 대한 말을 하였다.

은민이는 말을 하지 않고 무반응을 보였다. 소이는 화장대로 향했다. 그리곤 화장을 하고 지우고 하였다.

"은민아 강이 안 보고 싶어."

소이가 은민이의 눈치를 보았다. 은민이는 약간의 이상한 생각을 하는 것 같았다. 소이가 머리띠를 하고선 자리에서 일어났다.

"나 차비 좀 줘."

은민이는 소이의 말에 3,000원을 건넸다. 그리곤 이달 치의 생활비를 부쳐주기로 하였다. 소이는 즐거운 마음으로 또다시 집을 나섰다. 그리곤 동네 길을 걸으며 큰길가로 향했다. 은이 씨에게 전화를 걸었다.

"강이가 현실의 세계에 올 수 있나요."

은이는 말하였다.

"절대로 그래는 안 돼요. 하늘의 법칙은 지키게 되어 있어요. 아니면 메가시티에서도 못 지내고 천국에서만 지내어야 되어요."

"그렇군요. 현실의 세계에는 중요한 게 많군요."

"그렇죠."

"네 보고 싶은 사람이 있어도 그렇게는 못 한다는 게 현실이군요."

"네 어쩌면 죽음이란 게 현실에서는 보기보다 중요하기 때문이지요."

"네."

소이는 머리카락을 쓸었다. 과거의 동네에서는 한가지가 보이지 않았다. 메가시티란 첨단의 도시가….

대구의 예스24 중고서점에 가 보았다. 은민이는 이곳을 자주 찾곤 했었다. 이곳에는 책들을 중고 가격으로 싸게 팔았다. 그리고 소장의 가치가 있는 책들이 있었다. 메가시티는 은민이가 한 번도 가보지 못한 곳이었다. 그런 비밀은 소이가 알고 있었다. 은민이가 예스24 중고서점을 나오곤 소이에게 전화를 걸었다.

"소이야 어디야."

"여기, 여기 메가시티."

"거기가 도대체 어디야."

"나도 몰라 그냥 블랙홀을 타고 왔어."

"그렇게 먼 곳을 왜 갔어."

"우주에는 진리란 게 있거든. 과거의 동네를 알게 하듯."

"과거의 동네가 그렇게 필요한 건가."

"은민아 은민이 고향이 어디야."

"나 대구에서 태어났지. 그런데…"

"그때가 언제지."

"그때 한 만 28세기 이전."

"그럼 과거가 많이 흘렀겠지."

소이는 이유만을 가르쳐 주고 싶었다. 하지만 어떻게 설명하여야 할지 몰랐다. 그리고 메가시티에는 남자란 없는 세상이었다. 여자가 이 세상을 지배하듯 그렇게 시간이 흘러온 것이었다.

"알았어. 도통 모르겠으니 잘 있다가 와. 그리고 과거의 동네에 오면 연락을 줘."

소이는 눈물을 훔쳤다. 소이는 은민이가 은인이었다. 그리고 혼인한 사랑한 사람이었다. 과거의 동네에서….

소이의 시간여행

은민이는 낮으로 시간이 나면 낮잠을 잤다. 꿈속에서 강이를 만날 수가 있었다. 강이는 은민이와 방 안에서 거리를 두곤 한가하게 앉아 있었다. 은민이가 강이에게 간식을 먹자며 단팥빵을 주었다. 강이는 눈치를 살폈다. 은민이가 빵을 챙겨주며 베개가 있는 곳으로 가서 엎드려 있었다. 강이는 그제서야 빵이 있는 곳으로 오곤 빵을 먹었다. 다 먹진 않은 것 같았다. 그리곤 입맛을 당기곤 구석진 의자 밑으로 가버렸다. 은민이는 잠에서 깨었다. 주위에 정적이 흘렀다. 은민이는 꿈인가 싶었지만 베란다로 갔다. 몬스테라가 곱게도 줄기가 뻗어 있었다. 창밖으로 바람이 부는 것 같았다. 그리고 내일은 비가 올 것 같다며 이모가 말한 말을 생각했다. 소이가 두고 간 소이의 사진을 은민이가 베란다에서 보고 있었다. 전보다 약간 살이 찐 모습을 하고 있었다. 그리곤 사진을 스마트 캡에 다시 끼워 두었다.

은민은 소이의 전화를 기다렸다. 그런 소이는 뭘 하는지 전화하지 않았다. 은민이는 오늘은 안 되겠구나 하며 소설책을 보았다. 소이는 메가시티에 있었다. 그리고 메가빌딩에 메가의 방에 있었다. 소진이란 친구를 만났는데 소이와 닮았다. 그리고 소진이는 인간이었다. 하도 궁금해서 고향이 어디냐고 물었다. 그러자 소진이는 답변해 주지 않았다.(과거의 동네의 꿈의 고향에서 살았다고…)

소이와 소진이는 많은 얘기를 나누었다. 소진이는 소이에게 가느다란 금목걸이를 선물로 주었다. 소이가 집에 있을 때의 일이었다. 소진이가 청소도 해주며 밥을 해주었다.

"소진 씨 내가 할 테니 그냥 둬도 돼요."

"아니야 거의 다 했어요." 소진이가 별일 아니듯 말하였다. 그리곤 소진이는 기억 속으로 사라졌다. 꿈이었다. 소진이는 연락처가 없었다. 이상하다는 생각이 들었다. 소이는 과거 동네에서 있었던 일들이 생각이 났다. 메가시티에 들렀다. 그리고 메가빌딩 메가방으로 가 보았다. 소진 씨가 있었다.

"소진 씨 어제 뭐 했어요."

"어 어제 과거의 동네에 있었어요."

"음~ 소이는 정돈된 방을 보며 메가방을 소진이와 나왔다. 그리곤 빌딩을 나오면서 소진이와 헤어졌다. 은민이에게 전화를 걸었다.

"은민아 뭐해."

"어~ 잠시 가게에 가는 중이야?"

"음~ 은민아 오늘은 어디 안 가."

소이가 집 근처에 있는 은민에게 심심해할까 봐 몇 마디를 해 보려던 중이었다.

"은민아 보고 싶은 사람이 있어."

"몰라 강이가 꿈속에서 빵을 먹어. 그리곤 빵을 다 먹곤 구석진 곳으로 가버려."

"음~ 꿈을 꿨구나. 강이도 만나고."

"어. 내게 관심이 없는가 봐."

"그래 보고 집에 들를게."

"그래. 은민이는 소이의 전화를 마쳤다. 메가시티에서 소이는 강이를 찾으러 가 보았다. 은이 선생님과 함께 갔다. 강이는 시설에 있었다. 그리고 아파 보였다. 아무래도 휴식 공간으로 가지 않으려는 모양이었다. 소이는 가져온 전기 채소잎을 주며 강이를 토닥여 주었다. 강이는 어제 과거의 동네에 놀다 온 것을 기억하고 있었다. 그리곤 천천히 소이에게 앞으로 가 앉았다. 소이는 강이의 머릿결을 쓰다듬어 주었다. 은이 선생님이 물어보았다.

"소이 씨는 별일 없었나요."

"네. 그리고 이곳이 정이 들기 시작한 것 같아요."

"……."

"소이 씨 여기에 너무 정 주지 말아요. 오늘은 과거의 동네에 그냥 가세요."

"그래요. 은민이 집에도 가봐야 하고."

"은민 씨에게 제 안부나 좀 전해주세요."

그러곤 목걸이를 보고선 액세서리 하나를 달아주었다. 소이는 즐거운 마음으로 집으로 왔다. 액세서리가 반지였기 때문이었다. 소이는 그리곤 집에서 잠을 청하였다. 소진이가 꿈에서 소이에게 웃어 주었다. 소진이는 소이에게 분신이었던 것이었다.

며칠 후 강이는 이다의 법정에 서게 되었다. 법정에선 강이에게 현실의 세계에 적응해 주기를 판결 내렸다. 강이는 교도소 수감을 받게 되었다. 강이는 더 이상 힘든 생활을 이겨내지 못했다. 그래서 강이는 메가시티에서 분신을 천국으로 가야 하는 길을 택했다. 이다에선 강이를 과거의 동네인 무덤 속으로 다시 보냈다. 이모가 강이를 만나러 갔다. 그곳은 천국이었다. 천국에는 아픔이 없으며 보고 싶은 사람도 만날 수가 있었다. 꿈속에서도 갈 수 있었으며 메가시티에도 갈 수가 있었다. 다만 자신의 육체가 있는 곳이 아니며 꿈속에서나 볼 수 있는 곳이었다. 이모는 강이를 여태껏 꿈속에서 강이를 만났던 것이었다. 아니 진짜는 과거 동네의 마음에 있었던 것이었다.

이모는 강이를 만날 때 무덤에 풀들도 뽑아주고 주위를 정돈해 주었다. 그리곤 과거의 강이가 지냈던 날들을 생각하며 강이를 토닥여 준 것이다. 강이는 무덤가에서 이모를 조용히 지켜본 것이었다. 강이는 알고 있었다. 이모의 마음을….

이모가 월드컵 축구를 보고 있었다. 호날두의 포루투칼이 모로코에 져 버렸다. 은민이는 관심 있게 지켜볼 뿐이었다.

은민이가 김민선 선생님에게 보낸 문자(카톡)

선생님 천국은 가까이 있습니다. 마음속에도 있고 꿈
에서도 볼 수가 있습니다. 하나님은 저희들의 사랑을 지켜
주심으로 현실을 달리하시죠. 보이는 것만이 다가 아닌
현실을 사랑하신 것이죠.

이모의 잔소리는 늘어만 갔다. 은민이가 화가 날 정도였다. 그런

데 이상하게 지나면 화가 가라앉는다는 것이었다. 이모는 민이를 데리고 열심히 학교 상가를 오고 갔다. 민이는 부곡동 벤치공원에 자주 갔다. 이모하고. 그곳은 동물의 낙원이었다. 민이는 아몬드를 좋아했다. 아몬드를 먹고선 민이는 머릿결을 쓸어내렸다. 이모가 여러 동물과 눈인사를 했는데 민이도 여러 동물과 사이좋게 눈짓하였다. 민이는 시냇가에가서 물을 마셔보았다. 달콤한 물이었다. 민이는 이모에게 달려왔다. 이모가 민이의 등의 결을 정리해 주었다. 민이는 벤치공원에 앉아서 공원을 바라보았다. 새들도 먹이를 찾아 먹었다. 요즘은 동물들의 손이란 게 있게 마련이었다. 다람쥐가 민이에게 아몬드를 좀 얻었다. 다람쥐도 아몬드를 좋아하였다. 이모가 지나가는 양이를 보았다. 양이는 신채소잎을 먹었다. 신채소잎에는 향신료가 섞여 있었다. 인간은 수프로 된 음식을 마시고 있었다. 그리고 소변만으로 인체의 체구를 지켰다.

민이의 자가생식 기간이었다. 민이의 배가 약간 불룩하였다. 이모가 민이의 생식 기간을 눈치챘는지 보듬어 주었다. 민이는 채식의 영양가를 먹었다. 그리고 온순하게 자기를 지켰다. 은민이는 이모의 잔소리가 왜 늘어났는지 이해가 가지 않았다. 잘못했다면 이모에게 순종을 달리해서였을까? 이모는 은민이의 씀씀이의 탓하였는지도 몰랐다. 은민이가 요즘 들어 대구에 자주 갔기 때문이었다.

강이는 마음의 옷을 입고 있었다. 이모의 마음의 옷을 그렇지 않으면 천국일 수 없으니까? 육신의 옷은 옷이 아니었다. 그리고 삶을 유지하는 흔적을 남기는 것이었다. 먼 훗날에는 육신의 옷이 마음의 옷이었다. 그렇다는 건 영원히 현실에서 사는 것이었다. 하나님은 감사함을 주었다. 진주의 말들이 무엇인지 필요할 때까지?

전자의 세계에선 원자를 중심으로 돌고 있었다. 후자의 법칙으론 진리를 알게 하였다. 진리는 하늘에 머물렀다. 우주의 중심은 이다의 세계였다. 생물학적으로 이다의 법칙이 많이 나왔다. 인간은 이다의 전문적인 지식으로 별을 만들었으며 태양을 만들었다. 영원한 세계에선 꺼지지 않는 빛이 필요하였다. 그리고 어둠이 필요하였다. 더욱 중요한 건 사랑이었다. 중심국에선 사랑이어야만 하였다. 무엇이 중심이었을까? 기초의 뜨거움이나 차가움 아니 공간에선 중심이 있어야 하였다. 그것이 이다였다. 그리고 여자의 세계 그리고 사랑의 세계 전부일 수밖에 없는 연주가 필요하였다. 그것은 구원을 받는 구원의 손길이었다. 아픔의 세계가 아니다. 상처를 받는 세계가 아니다. 누구든 구원을 받는 사랑의 손길이었다.

이모가 은민이에게 지갑을 사 주었다. 은민이는 1,000원짜리 지폐 20장을 10장씩 나누어 한 두 칸째 칸에 넣어 다녔다. 돈으로 이 세상을 사는 것은 아니었다. 그러나 돈이 이 세계를 서열로써 말해주었다. 은민이는 마음의 선물을 이모에게서 받았다.

몬스테라는 위안이 되기를 바랐다. 그리고 아껴 주었다. 사랑이 되기를. 은민이는 베란다로 향했다. 그리고 몬스테라에게 물을 주었다. 창밖으로 어두웠다. 베란다 문을 조금 더 열어 보았다. 소이가 생각이 났다. 소이는 은민이의 은인일 듯하였다. 밤으로 차가웠다. 은민이는 열린 베란다 문을 조금 닫아 보기로 하였다. 베란다의 전등불이 밝히고 있었다. 환한 불빛 아래 잠시 후 몬스테라는 꺼지는 불빛과 함께 밤을 지내었다.

민이는 동물로서 아기를 낳았다. 토끼도 많은 새끼를 낳지를 않았다. 그리고 두 마리를 낳았다. 이모가 민이의 아기를 보살펴 주었다.

그리고 민이도 자기의 새끼를 보살펴 주었다. 아기들이 귀여웠다. 그리고 보드랍고 작은 이불에 새끼들은 울타리에서 키워졌다. 아기들은 강이를 닮은 새끼가 있었고 하나는 민이를 닮았다. 새근새근 잠자는 새끼는 엄마의 젖을 찾았다. 그 후 며칠 후 새끼들은 눈을 뜨기 시작했다.

소진이가 메가시티에서 소이를 기다렸다. 소이는 메가시티에 가지 않은 날이 오래되었다. 그리고 은민이와 대구에 자주 갔다. 반월당 쉼터를 찾았다. 소이는 은민이와 콩국수를 먹었다. 소이는 소진이가 준 목걸이를 하고 있었다. 그리고 반지 목걸이를 하고 있었다. 은민이는 소이에게 진심인 듯 사랑한다고 말하였다. 천천히 소이에게는 답변이 주어져야만 하였다. 과거의 동네와 메가시티의 대한 답변을….

소이가 은민의 집에 들렀다. 은민이는 밥을 먹고선 방에서 쉬고 있었다. 소이는 은민이의 집에 오자마자 이름을 불러대기 시작했다.

"은민아."

소이가 가방을 은민의 방에다 놓았다.

"커피나 탈까?"

소이가 포트기를 눌렀다. 은민이는 소이가 커피를 타서 마시도록 그냥 두었다. 소이는 머그잔에다 인스턴트커피 두 개를 머그잔에 붓고선 설탕 두 스푼을 탔다. 그리곤 포트기가 끓기 시작했다. 소이가 머그잔에 물을 붓고선 냉장고에 얼음을 가지러 갔다. 그리곤 머그잔에 커피와 얼음을 섞고선 작은 숟가락으로 훌훌 젖었다. 소이가 입가로 컵을 가져가고선 마셔보았다.

"맛있네."

소이는 몇 번을 더 마시곤 주방에다 커피잔을 놓아두었다. 그리고,

"은민아 컵라면을 좀 끓여 봐."

은민이는 소이의 말에 포트기에 물을 더 뜨고선 포트기의 전원을 눌렀다.

"그동안 뭐 했어."

"집에 있었지."

"그래. 음~ 오늘은 뭐 할 거야. 집에 있을 거야."

"집에 있지. 할 일도 없고 책이나 보지."

"몇 날을 집에 있으면 뭐 해 산책이나 좀 나가."

"그래. 공원이나 좀 나갈까 싶어."

은민이는 포트기가 끓어서 꺼지자 컵라면에 물을 붓기 시작했다. 그리곤 방으로 가져와 과자를 가지러 건조대가 있는 방으로 가서 포스틱 과자를 가져왔다. 주방에 들러서 포스틱 과자를 담을 그릇을 가져왔다. 과자를 붓고선 컵라면이 익기를 기다렸다. 소이가 컵라면 덮개를 뜯어내곤 나무젓가락으로 컵라면을 젓기 시작했다. 덜 익은 듯하였다. 그런 소이는 천천히 컵라면의 한 올씩 먹기 시작했다. 은민이도 그제서야 컵라면을 젓기 시작했다.

"공원에 가면 누가 있어."

"없어. 그냥 가는 거야."

은민이가 컵라면을 후후 불면서 먹었다.

"은민아 나를 만나서 고생이 많지."

"아니야."

은민이는 국물을 조금 마시곤 컵라면을 바닥에다 두었다. 그리곤 포스틱을 하나씩 먹었다. 소이는 컵라면에 관심이 없는 듯하였다. 아까부터 그대로인 컵라면이 붓기 시작했다.

“나하고 공원에 같이 갈까?”

“……”

소이는 머리띠를 떼고선 머리를 다시 정리하며 머리띠를 다시 하였다. 은이 씨에게서 전화가 왔다.

“소이 씨 은민 씨를 만났나요.”

“네 지금 옆에 있어요.”

“그럼 은민 씨에게 전해 주세요. 강이가 천국에 갔다고.”

“그런 말을 하여도 되나요. 은민이가 알아서는 안 될 텐데요.”

“그럼 이모 집에 들르라 하세요. 강이가 보고 싶은가 봐요. 현실에서 강이가 쓸쓸해해요.”

“네~”

은이 씨는 전화를 마쳤다. 소이는 주방에 가서 주방에 있는 커피를 다 마시기 시작했다.

“은민아 나 갈게?”

“소이야 차비 좀 가져가.”

은민이는 얼마의 돈을 건넸다. 소이는 얼마의 돈을 받으며 집을 나왔다.

“나 갈게”

“그래.”

은민이는 현관문을 닫곤 집에서 나갈 준비를 하였다. 대충 집을 정리하며 베란다에서 담배 한 개비를 피웠다. 그리곤 집을 나왔다. 이모에게서 전화가 왔다.

“은민아 내 집에 좀 들러.”

“응 알았어.”

　은민이는 도롯가로 가며 버스를 탔다. 이모는 잠시 어디 간 모양이었다. 은민이는 주스를 사 와 이모 냉장고에 넣었다. 이모가 오지 않았다. 은민이는 냉장고에 주스를 꺼내곤 한 캔을 마셨다. 텔레비전을 보았다. 그제야 이모는 현관문을 열며 들어왔다. 이모는 은민이에게 달력을 주려고 은행에 갔다가 온 모양이었다.

　"은민아 언제 왔어."

　"금방."

　이모는 은민이에게 달력을 건넸다. 그리곤 작은 크리스마스트리에 트리 불을 켰다.

　"은민아 강이가 보고 싶지 않아."

　"아니. 살아있을 때는 그렇게 속 썩이더니마는."

　"강이 있는데 가 볼래."

　이모는 강이에게 가 보자고 말을 하였다.

　"이모 난 괜찮아. 강이가 잘 지내기를 바랄 뿐이야."

　"……"

　은민이는 이모가 해다 놓은 무전을 주방으로 가서 보고는 다시 방으로 왔다.

　"그러게. 거의 주방에서 지내더니만 어느 날 갑자기 가버리는 게 어딨어. 충격을 주듯이 말이야."

　이모가 주방으로 가서 밥을 차려주었다. 그리곤 텔레비전을 딴 곳으로 채널을 돌렸다. 은민이가 한참 만에 주방으로 갔다. 밥을 먹었다. 그리곤 냉장고에 물을 마셨다. 은민이가 다시 방으로 왔을 때 이모는 요플래 4개를 가져오며 2개를 은민이에게 건넸다. 이모는 남은 2개의 요플래를 먹으며.

“은민아 먹어.”

그리곤 은민이와 이모는 요플래를 먹었다. 소이가 전화하였다.

“어디야.”

“이모 집”

“공원에 오니 춥네. 혹시나 오나 싶어 전화했어. 그래 이모하고 놀다가 맛있는 거도 먹고 해.”

그리곤 소이는 전화를 마쳤다. 소이는 강이에 대해서 말하지 않았다. 이모도 알고 있었다. 강이에 대해서. 강이는 무덤가를 지키고 있었다. 그리고 천국에서 은민이를 보고 있었다. 그래서 살아 있을 때 속을 썩인 것이었다. 기억해 주기를….

이모는 민이를 마중 나갔다. 민이는 방학이 없었다. 그리고 학교는 가고 싶을 때만 가는 곳이었다. 은민이는 이모가 나갈 때 두꺼운 이불을 덮고 잠을 잤다. 민이는 작은방에서 생활하였다. 새끼들은 고아원으로 보내질 예정이었다. 은민이는 민이에게 신경을 쓰지 않았다. 민이도 고집이 있어서였다. 은민이의 말은 도통 통하지 않았기 때문이었다. 이모는 잠시 후 들어온 것 같았다. 은민이는 잠이 쏟아져 한참을 자고 있었다. 민이가 큰방에 잠시 놀러 왔다. 은민이가 그제야 잠에서 깨었는데 민이는 작은방으로 달아나 버렸다. 이모가 텔레비전 전원을 끄며 작은방으로 갔다. 은민이는 앉아서 무언가 생각에 잠겼다. 그리고 집을 나오기를. 이모가 마중해 주었다.

“이모 갈게?”

“그래 또 와.”

이모는 현관문을 닫았다. 은민이는 길을 걸었다. 그리곤 눈이 온 길을 조심히 걸었다.

은이는

은민이가 집을 정리하며 베란다에서 담배를 피웠다. 소이가 은민이에게서 은이가 누구인지 알아냈다. 소이는 이제 메가시티에 자주 가지 않았다. 과거의 동네에서 거의 지냈다. 그리고 은민이도 자주 만나지 않았다. 소이의 전화비 청구서가 자꾸 많이 나왔다. 은민이가 소이의 전화비 청구서를 관리했는데 배 이상으로 나오는 청구서 걱정을 하게 만들었다. 며칠째 전화가 오지 않자 은민이는 소이에게 신경 쓰는 일을 조금씩 잊혀갔다. 은민이는 홀로 집에 있었다. 그리고 몬스테라에 물을 주었다. 몬스테라는 고개만 끄덕일 뿐이었다. 창문이 조금 열린 공간으로 바람이 들어왔으며 몬스테라의 잎을 건드렸기 때문이었다. 은민이가 은이에게 전화를 걸었다.

"은이 씨 오랜만이에요."

"네."

"만나고 싶은데 과거의 동네에 올 수 있나요."

“그럼 저때 간 짜장면집 가는 건 어떨까요.”

“그러죠. 언제쯤 올 수 있는지.”

“제가 보고 연락을 드릴게요.”

“알았어요.”

은민이는 은이와 전화를 마치곤 전화가 오기를 기다렸다. 그런 은이는 전화하지 않았다. 은민이는 전화가 오지 않아 다시 전화하기로 하였다. 소이의 전화가 왔다.

“은민아 뭐해.”

“응 소이야.”

“내가 지금 집에 들를게.”

그리곤 소이는 전화하고선 은민이 집으로 향했다. 은민이는 소이를 기다려야만 하였다. 연락이 오지 않는 은이 씨는 은민이에게 걱정하게 만들었다. 소이가 은민이의 집 근처에 도착하였다. 그리곤 은민이에게 전화 걸었다.

“은민아 밖으로 좀 나와줄래.”

“그래.”

은민이는 외출복으로 갈아입곤 집을 나왔다. 소이가 보고만 있었다. 그리곤 은민을 데리고 KTX 기차역으로 갔다.

“은민아 가 볼 데가 있어.”

은민이는 소이의 말에 말이 없었다. 소이가 기차를 타고선 어딘가에 내렸다. 은민이는 따라갔다. 은이가 있던 곳으로 갔다. 그런데 은이는 보이지 않았다. 은민이가 물었다.

“소이야 여기가 어디야.”

“메가시티.”

"처음 와본 곳인데. 내가 어떻게 여기에 올 수가 있어."

"은이 씨 만나러."

소이는 은이 씨가 있었던 곳을 바라만 보고 있었다. 소이는 말하지 않았다. 그리고 은민이에게 말해주었다.

"은민아 은이 씨는 앞으로 만날 수 없을 거야."

"왜."

은민이는 대답했다. 그럴수록 은이 씨가 보고 싶었다.

"은이 씨는 다른 곳에 갔어."

"다른 곳 어디에."

소이는 말하지 않았다. 그리고 은이 씨를 잊으라고 말을 해주었다. 그리고 은민이는 몰랐다. 은이 씨에 대해서….

은이 씨는 은민이의 메가시티에서 분신이었던 것이었다. 그리고 올 수가 있었다. 은민이는. 메가시티에….

은민이의 현실 이야기

은민이는 메가시티에서 은이 씨를 만나지 못해서 우울해졌다. 소이 또한 메가시티에 대해서 언급은 안 했지만 은민이와 메가시티에 갈 수 있다는 것이 다행이었다. 은이는 은민이의 분신이었다. 하지만 은민이는 메가시티에 다시 갈 수가 없었다. 은이는 은민이의 마음속으로 메가시티를 보여준 것이었다. 과거의 동네에 온 은민이는 메가시티를 잊었다. 그리고 은이 씨가 보고 싶었다. 은이 씨는 은민이가 가고 난 후 메가시티에서 또다시 동물 로봇들을 돌보아 주었다.

은이는 은민이의 사모하는 심정이 늘어만 갔다. 그리고 알고 있었다. 과거의 동네에서 소이 씨가 은민이의 배우자라는 것을…. 그리고 은이는 침착했다. 소이 씨에게 들키지 않으려고. 그리고 가능한 일이 아니었다. 은이는 은민이를 사랑할 수 없는 그런 사이였다. 다시는 오지 않는 은민이가 메가시티에서 뭘 보았는지 은이는 조용히 두 손을 모았다.

은민이는 공원에 들르기로 하였다. 어느 여자분이 정자에 앉아 있었다. 아영이였다. 은민이는 옆 벤치에 앉았다. 아영이는 주말이나 주일이면 가끔 공원에 와 있었다. 아영이는 은민이가 온 사실을 모르고 있었던 것 같았다. 은민이는 뒤돌아보지도 않은 채 공원 화장실을 가기 위해 자리에서 일어났다. 이모는 아침이면 이곳에 산책을 왔다. 시내에 절반이나 되는 거리를 걸으며 아침에 이곳에 왔다. 가끔….

은민이는 주위를 둘러보며 시내를 향해 걸었다. 집으로 올 때쯤 은민이는 가게에 들렀다. 슈퍼에서 음료수를 사다 마셨다. 이모가 준 무말랭이가 있었다. 이모는 규모가 큰 마트에서 싸게 파는 식료품을 사서 오곤 했다. 그리고 장날이면 시장에 자주 갔다. 이모의 요리 실력은 알아줬다. 은민이가 이모의 음식만을 찾을 정도로. 이모는 며칠째 눈이 온 세상을 보며 집 안의 분위기를 따뜻하게 하였다. 그리고 따뜻한 국을 매일 하였다. 은민이는 남자로서 과제를 안아야 했다. 산다는 게 무엇인지. 메가시티에서 전화가 왔다.

"은민아 내가 연락을 안 하여서 삐졌어."

"은이야. 은이야 왜 이리 사람을 놀래키냐."

"그래 내가 잘못했어. 연락을 한다는 게."

"괜찮아. 그리고 대구의 메가시티는 가 본 곳 같기도 하고 소이하고 대구의 서점에 갔다 왔을 뿐이야. 소이는 대구에서 액세서리를 산다고 난리였어. 그리고 메가시티는 갈 수 없는 곳이잖아. 미안해 바쁜데 기다리게 해서."

"아냐 과거의 동네는 없어서는 안 되는 동네이기 때문이야. 어제 난 생각했어. 은민이에 대해서. 그래서 머뭇거리는 중 잠시 잊었어. 미안해."

은민이는 은이가 걱정이 되었지만 이내 안심이 되었다. 그리고 은이는 과거의 동네에서 소이가 보이지 않았다. 소이는 여자로서 은이와 과거의 동네의 규칙에 따른 메가시티에 존재를 알아야 하기 때문이었다. 아영이는 폐허가 된 지구가 과거의 동네에서 사람들이 산다는 것을 알았다. 아영이는 전화기를 들고 다니지 않았다. 은민이가 아영이를 만나고 싶어도 자주는 못 만났다. 연락이 되지 않았기 때문이었다. 아영이는 민숙이라는 언니를 알았다. 그리고 친하게 지낸 사이였다. 민숙 씨는 폐허가 된 지구의 도시에서도 살아있는 지구의 도시 현실의 동네에 살았다. 현실의 동네는 지구에서 몇 안 되는 그런 도시였다.

아영이는 민숙이 언니와 친했다. 그리고 코로나라는 바이러스 때문에 만나지 못한다는 게 아영이는 아쉬웠다. 바이러스는 형질을 가지고 있었다. 자기의 모형에 따라 성질과 체계가 달랐다. 공기 중에는 이 바이러스가 항상 존재한다는 가설이 주어졌다. 그리고 이들은 지구의 모든 것을 바꿀 정도로 위협적이었다. 사람들은 이 바이러스에 유전변형을 줄줄 알았다. 하지만 인간은 이 바이러스를 자기보다 몸집이 큰 세균을 이용하여 변형시켰다. 하지만 윤리적으로 이 바이러스는 존중의 대상이 될 것 같았다. 이들이 지구의 모든 것을 바꾸어 놓았지만, 어찌 보면 인간이 이 바이러스를 역이용한다는 게 꺼림칙한 걸림돌이 되었기 때문이었다. 그리고 어느 날 이 바이러스는 지구를 폐허로 만든 것이었다. 인간은 첨단 시티를 지었으며 인간의 존재가 위대함으로 과거의 동네가 존재하였던 것이었다. 아영이는 민숙 언니가 현실의 동네에서 자기와 같은 꿈을 가지고 있다고 생각하였다. 첨단 시티가 보이지 않는 과거의 동네는 과거로 머무는 그런 현실의 세계에 아영이도 좋아하였기 때문이었다. 사람들은 달랐다. 첨단시대를 좋아했고 과학이라는 엄청난 발전을 좋아하였다.

아영이는 알고 있었다. 과학이란 게 뭔지. 지나면 세월을 찾는다는 것을. 그리고 과거에서 산다는 것을. 미천한 것이 하나님께서 더욱 쓰신다는 것을. 성경과도 같았다. 사람은 지나온 세월을 존중하여야 하였다. 그리고 기억하였다. 역으로 가는 세상을. 그래서 대과거가 있다는 것을 알아야만 하였다. 아영이는. 정자 그늘에 앉을 때면 많은 생각을 하는 것 같았다. 그리고 집을 좋아하는 아영이였다. 혼자 산다는 것은 터득하기 나름이었다. 그러나 아영이도 가족이 있었다. 아영이는 정숙한 여자였다.

아영이는 그영이란 친구가 있었다. 아마도 그영이는 현실의 동네에 살았다. 민숙이 언니와 그영이는 한동네 살았다. 이곳은 현실의 천국이었다. 육신이 천국인 이곳은 아픔이 없는 곳이었다. 속으로는 열고 있었다. 하나님께서 천국을 만들기까지. 현실에서 죽음이 없는 시절 하나님께서 꿈꾸던 곳을 이루셨던 것이었다. 그것이 바로 꿈이었다. 영원히 그곳에서 머무는 안식으로부터 하나님께선 공간을 지으셨다. 이곳엔 나와 너란 것을 타인과 배려와 존중의 세계로 주고받는 의미의 법도를 알게끔 하는 곳이었다. 배려해 주는 마음이 너와 나의 천국을 짓는 것이었다.

육체는 연주로 되어 있었다. 보이지 않는 것이 육체에 영원을 말해주었기 때문이었다. 그리고 안식이 필요했던 것이었다. 아영이는 과자를 먹고 있었다. 크래커가 맛있었다. 은민이는 공원에서 캔 커피를 마시며 벤치에 앉았다. 아침인지라 이모가 오는지 보았다. 이모는 까만 장갑을 끼며 집에서 나온 모양이었다. 은민이가 이모에게 전화를 걸었다.

"이모 오늘 공원에 올 거야?"

"어 지금 가고 있어."

이모는 산책을 나왔다. 그리고 1시간 되는 거리를 걸었다. 은민이는 이모가 올 때까지 흡연구역을 왔다 갔다 하였다. 그리고 종이컵 커피를 빼다가 마셨다. 이모는 추운 날에도 더운 날에도 아침이면 은민이 집 근처 공원까지 산책을 나왔다. 그리고 가끔 은민이를 만났다. 이모는 공원에 다 와 가는 모양이었다. 은민이가 이모를 보았다.

"이모."

은민이가 이모를 불렀다. 이모는 정자 벤치에 와서는 은민이를 보고선 화장실에 들렀다. 은민이는 자판기의 종이컵 커피 한잔을 빼었다. 그리고 정자 벤치에 앉았다.

"이모 온다고 춥지 않았어."

이모는 커피를 보고선 율무차를 뽑아 달라고 하였다. 은민이는 율무차를 뽑았다. 그리고 이모에게 주었다. 이모는 율무차를 천천히 식혀서 조금씩 마셨다. 은민이는 커피를 들고선 마셨다.

"은민아 오늘이 장날인데."

"응 장이나 보지. 냉장고에 반찬도 다 먹은 것 같고."

이모는 무슨 말을 하기 시작했다. 그리고 말을 조리 있게 하였다. 은민이는 듣고만 있었다. 그리고 대답해 주고. 이모와 시간을 좀 보내다가 시내에 가기로 하였다. 천천히 자리에서 일어나곤 시내로 걸었다. 직지천에 물이 많아 보였다. 선선한 바람이 부는 것 같았다. 이모와 은민이는 시장에서 반찬을 사며 필요한 것을 샀다. 로터리에서 헤어질 모양이었다.

"밥을 잘 챙겨 먹고 그래 해."

"응."

이모는 버스를 탔다. 은민이는 기다렸다 집으로 갔다. 은민이는 작은방에 들르곤 수건과 속옷을 챙기며 보일러를 틀곤 샤워하였다. 그리곤 밥을 하였다. 반찬을 냉장고에 넣으며 은민이는 빨래를 돌렸다. 그리고 방을 쓸었다. 방에는 온기가 있는 듯하였다. 달력을 보았다. 이모가 준 달력이 큰방에 텔레비전 선반 위에 있었다. 동지가 지났다. 이모가 밤이 긴 동짓날이 왔구나, 그러며 동지섣달이라고 하는 말을 하곤 했었다. 은민이가 가게로 갔다. 찬 바람에 흩날리는 눈이 내리고 있었다. 이번 겨울엔 눈이 많이 내리는 듯하였다.

은민이는 미끄러운 바닥을 조심히 걷곤 가게에서 돌아오고 있었다. 밥이 다 되었고 보일러는 꺼 버렸다. 온기가 있은 듯하였다. 베란다로 갔다. 몬스테라에 물을 주었다. 예전보다 덩치가 작은 몬스테라는 꿋꿋하였다. 옆으로 뻗었던 몬스테라잎은 은민이가 꺾어서 따둔 적 있었다. 그리고 바닥과 부딪쳐서 그런지 잎이 말라서였다. 아주 큰 잎이었는데 은민이가 따두기로 한 것이었다. 화분보다 약간 작은 덩치가 된 몬스테라는 적당한 크기로 자라는 듯하였다. 생명이란 언제나 고귀한 것처럼 언제나 함께하기를 은민이는 미소를 지었다.

현실의 동네에선 버스를 타고 다녔다. 과거의 동네와 현실의 동네를 연결해 주었다. 수이는 미래의 여자였다. 현실에 한 번도 오지 않은 여자였다. 통로는 아마도 길인 듯하였다. 버스는 길을 오가며 다녔다. 천국이 진짜 있을까? 아마도 그건 모든 사람이 알듯이 그렇게 천국은 있는 것이었다. 수이가 몬스테라를 스치듯 건드렸다. 영원은 있을 때가 존재하는 것이었다. 수이가 지난날을 기억하며 미래에 있었다. 은민이는 수이가 누군지 알고 있었다. 은이에 대해서는 모르는 일이었지만 수이는 미래의 은민이의 모습이었기 때문이었다. 그런 수이는 4차원적으로 보이지 않는 여자였다. 단순하겐 이다의 여자였다. 은민이가 살면서 마음의 양식을 쌓으면 수이는 미래에서 양식을 똑같이 쌓는 그런 여자였다. 그렇다고 언젠가는 온다는 여자가 아니었다. 미래는 항상 있기 때문이었다. 은민이는 여자가 아니다. 하지만 미래의 꿈을 꾼다는 것이 미래의 여자였다. 수이는 은민이와 항상 같이 행동하였다. 앞으로의 일들에 대해서….

아영이의 수수 이야기

아영이는 그영이와 단짝이었으며 어릴 적부터 사귄 소꿉친구였다. 고등학교까지 줄곧 같이 지낸 친구였다. 그영이가 현실의 동네에 이사 갔을 때 아영이는 그영이를 자주 만나지는 못했다. 만나는 곳은 정해져 있었다. 신음동 어느 부근. 과거의 동네에선 그영이를 정들게 했다. 그영이는 아영이와 이마트에 자주 들렀다. 그리고 소지품이 있는 층에 자주 갔다. 무엇이 필요할 때면 그영이는 소지품 매장을 찾았다. 아영이의 생일이었다. 그영이가 아영이에게 줄 선물을 고르고 있었다.

"아영아 필요한 게 있어. 여기는 살 것이 많아서 뭘 선물해야 할지 모르겠네."

그영이는 이마트를 두리번 두리번거렸다.

"그영아 뭘 그렇게 사 준다고 그래 아무려면 어때. 구경이나 하다가 가자."

아영이는 그영이에게 바라는 게 없는 듯 얘기했다. 그영이는 피카추 인형을 보았다. 아영이가 말하였다.

"인형이 되게 귀엽네." 그리곤 가슴에 안아 보았다. 그영이가 인형이 괜찮아 보인 듯 아영이가 안고 있는 피카추 인형을 만져보았다.

"어머 털이 곱기도 하지. 인형은 요즘에 잘 나온다니까? 귀 좀 봐 더듬이 같네."

"그영아 이것 갖고 싶은데 어때."

"그래. 내 인심 썼다. 아영이 생일에."

"고마워~ 이 은혜 평생 잊지 않을게."

"아냐~ 별거 아냐. 아영아 마음에 들어."

"마음에 들어. 귀여워 죽겠어."

"아예 애인으로 삼지. 혹시 인형이 인간으로 변할지."

"치~ 아니거든."

아영이는 그영이의 놀리는 심정이 유치하게 보였다.

"가만히 있어봐. 아영아 편지지가 있는가 보자."

"편지지. 앞쪽으로 가 보자."

그영이와 아영이는 편지지를 찾았다. 그영이는 문구 코너를 둘러보고 황토색 편지지와 편지 봉투를 골랐다.

"아영아 인형은 꼭 안고 자."

"그래. 인형을 베개 삼아도 되지."

"아영아 내려갈까?"

아영이와 그영이는 에스컬레이터를 타고 내려왔다. 계산대에서 계산하며 그영이는 1층에서 아영이와 그영이는 아이스크림을 먹었다.

"아영아 나 상주로 갈 것 같애."

"왜."

"상주에 대학 입학 원서를 내어 합격했거든. 너는."

"난 공단에 취직할 것 같애."

"그래. 내 단짝 친구. 언제나 함께할 거야?"

"물론이지. 축하해."

"너두 생일 축하해."

"고마워."

그영이는 아영이에게 탁자에 편지지를 놓고선 편지를 썼다. 아영이는 그영이의 글씨에 장단을 맞추었다.

"이렇게까지 날 생각하다니. 그영이는 그영이야. 내 친구 그영이."

"대충 썼어. 아영아. 아이스크림이나 먹자."

아영이는 그영이의 편지를 뚫어져라 보고 있었다. 그리고 참고 있는 감정을 감췄다. 아영이는 집에서 흐느끼고 있었다. 헤어진다는 게 마음을 울렸기 때문이었다. 아영이는 병이 났다. 그리고 아영이는 일을 하러 가지 않았다. 부모님과 정신과 병원을 찾았다. 우울감이 가시지 않았기 때문이었다. 그날부터 아영이는 스스로 삶을 이겨내는 것이 힘들어졌다. 그리고 정신과 약을 먹었다. 단짝의 친구와 헤어지면서 아영이는 집에 있는 날이 많아졌으며 밖으로도 잘 나가지 않았다. 그리고 부모님의 속을 썩였다. 그 후로 그영이는 연락이 되지 않았다. 아영이는 전화기도 가지고 다니지 않았다. 그리고 병원과 집밖에 모르는 듯하였다. 아영이는 말수가 적어졌다. 말이 단순해졌다. 아영이는 병동에 치료하러 다녔다. 그리고 그곳에서 일을 하였다. 민숙이 언니가 아영이의 마음을 아는 듯 단순하게 아영이를 대해 주었다. 민숙이 언니는 무게를 지켰다. 그리고 말이 무거운 언니였다. 민숙이 언니는 꼭 버스를 타고 다녔다. 현실의 동네에서 과거의 동네에 오는 버스를 타며 회사에 다니듯 다녔다. 은민이는 과거의 동네에 아영이 소문을 알았다. 그리고 아영이가 타는 버스를 타곤 슬쩍 보는 일이 많아졌다. 그리고 은민은 어느 날 아영이를 알게 되었다. 그리고 선물로 영어 서적을 주었다.

"아영 씨 읽어 보세요."

은민이는 감정을 감추었다.

은민이는 아영 씨에게 평범한 사람이었다. 그런 아영 씨도 잘 알았다. 그리곤 은민이는 과거의 동네에 살았다. 아영 씨를 점점 잊혀 갔다. 은민은 현실의 세계에서 과거로의 미로를 알 것만 같았다. 은민이는 공원 벤치에 가 보았다. 그리고 자판기의 캔 커피를 마시기 위해 지폐를 넣었다. 캔 커피를 뽑아다 마셨다. 씁쓸했다. 공원을 오가며 은민이는 공원을 길을 떠났다. 강변의 흐르는 물이 마음을 적셔 주었다. 소이에게서 전화가 왔다.

"은민아 뭐해."

"여기 그리고 집으로 가는 중이야."

"거기가 어딘데."

"공원."

"알았어."

소이는 전화를 끝냈다. 은민이는 길을 가다 빵 가게에 들렀다. 그리고 빵을 먹었다. 빵은 고소했다. 그영 씨에게서 문자가 왔다.

'은민 씨 뭐 하고 계세요. 오랜만이에요.'

은민이는 문자를 답변해 주지 않았다. 그영 씨는 현실의 동네에서 살았다. 과거의 동네에 놀러왔을 때 그영 씨를 병원에서 일할 때 안 사이였다. 그때의 그영 씨는 병원에 은민 씨에게 면접을 보았다. 일할 조건들을 물어보았다. 은민이는 병원에 일할 조건들이 있어 보였다. 그리고 식당에 취직시켜 주었다. J 병원은 은민이가 병동에 대해서 아는지를 물어왔다. 은민이는 자격증이 있었다. 그리고 간병사였다. G 시티에 있을 때 아마도 간병사로 일을 많이 해보았으므로 병동에 대한 어려움은 없었다. 하지만 은민이는 식당에 취직한 것이었다. 그때의 그영 씨는 면접을 보는 선생님이셨다. 은민이의 출근할 조건들을 말해주었다. 은민이는 출근하였다.

그영 씨가 아영이의 친구였다는 것은 그영 씨가 쉬는 시간에 학창 시절에 대해 얘기할 때였다. 은민이는 아영이의 단짝인 그영 씨가 영양사님이라는 것을 알고는 식품 쪽으로 공부를 많이 했을 거라 짐작하였다. 은민이의 관심은 가정복지였지만 물론 식품도 공부하는 대학생이었다. 그영 씨는 일에 대한 카톡을 많이 보냈다. 은민이는 그영 씨가 현실의 동네에서 있다는 것이 의문점을 가졌다.

현실의 동네는 과거의 동네를 현실적으로 보지 않았다. 이야기하면 과거로의 동네로 간다는 것을 현실의 동네에서는 알았기 때문이었다. 그리고 현실의 동네는 현실적이었다. 첨단적이지도 않고 너무 과거적이지도 않고 미래를 향해 살아가는 것이었다. 지구가 폐허가 되어도 현실의 동네가 살아남은 도시인 것은 미래의 현실을 알았기 때문이었다. 그영 씨는 은민이에게 카톡을 많이 보냈다. 그리고 가끔 전화도 하고. 은민이는 이마트에서 고로케를 사고 있었다. 계산을 하고 천천히 고로케 가게를 돌아섰다.

"안녕하세요."

"네 여기는 어떻게."

"네 여기 볼일이 있어서."

"선생님 아영 씨가 선생님 친구이세요."

"어 아영이를 어떻게 아세요."

"그냥 아는 사이입니다. 고로케 좀 드실래요."

"괜찮은데."

"여기 아이스크림 가게가 있거든요. 거기서 좀 쉬었다가 가는 게 어떠신지요."

"그럼, 볼일 보고 거기로 갈게요."

"네."

은민이는 고로케를 들고선 아이스크림 가게에서 기다리고 있었다. 그영 씨가 얼마 있지 않아 아이스크림 가게에 들렀다. 은민이는 아이스크림을 먹고 있었다. 그리곤 고로케를 그영 씨에게 드시고 가라고 주었다. 그런 그영 씨는 고로케빵을 하나 들고선 먹으려 하였다.

"아영이를 아신다고요. 어떻게 지내요. 아영이는."

"아영 씨 병원에 치료 다니고 있습니다. S 병원에."

"네 그렇군요."

그영 씨는 일어선 채로 고로케빵 하나를 먹고선 바쁘다며

"다음에 또 사 주세요."

그러며 인사를 하였다. 그영 씨는 그날 이후로 아영이를 만날 수 있는지 마트 부근을 자주 찾았다. 그러나 그영 씨는 아영이를 만나지 못했다. 아영이는 시간이 나면 정자 벤치에 자주 앉아 있었다. 그리고 그곳은 공원이었다.

은민이는 신음동에 자주 가지 않았다. 그리고 공원에도 자주 가지 않았다. 배가 고프면 빵 가게에 자주 들렀다. 빵은 맛이 있었다. 그런 빵도 질리는 듯하였다. 은민이가 빵을 사며 집에서 먹기로 하였다. 집에 도착하자 은민이는 빵을 냉장고에 넣어 버렸다. 그리고 외출하였다. 소이의 동네 커피숍에 갔다. 소이를 불러냈다. 소이는 전화를 받곤 B 커피숍에 들렀다. 아메리카노를 천천히 마셨다.

"소이야 별일 없었어."

은민이가 소이를 보며 말하였다. 소이는 개구쟁이처럼 떠들기만 하였다. 그런 은민이가 그런 말을 들어 주는 것으로 끝이 나야만 하였다. 소이와 가까운 편의점에 가기 위해 커피숍을 나왔다. 편의점에서 빵을 사곤 나왔다. 소이가 빵을 먹기 시작했다. 그리고 다 먹었다. 은민이는 천천히 먹었다.

"소이야 소이는 친구가 없어. 한 번도 친구와 같이 온 적이 없네."

"은민아 친구들은 다 바빠. 그리고 안 만난 지 오래됐어. 근데 그건 왜 물어."

"며칠 전에 아영 씨 친구인 그영 씨를 만났거든. 왜 친구들은 어른이 되면 만나지 않을까?"

"그건 다 바빠서 그래. 아니면 특이한 사항을 뺀다면 친구들이 없는 사람들이 이상한 거지."

"그래. 포차에나 들를까?"

"아니 오늘은 집에 일찍 들어가야 해."

은민이는 소이가 집에 간다는 말에 자기도 갈찰라라 집으로 향했다. 소이는 친구가 없어서가 아니었다. 그리고 가급적이면 만나지 않앉던 것 같았다. 은민이는 집에서의 냉장고를 열어 보고선 빵을 꺼냈다. 조금 딱딱했다. 은민이는 빵을 방에서 천천히 먹었다. 아영이가 생각이 났다. 아영 씨는 집 밖에 모르는 여자 같았다. 그리고 남자를 잘 만나지 않았다. 대개 궁금한 건 이 시대에 그런 여자가 있다는 것만으로 은민이는 가슴이 설렜다. 그것이 여자가 갖추어야 할 조건이었는지도 모르기 때문이었다.

은민이가 그영 씨에게 전화를 걸었다.

"선생님 현실의 동네란 어떤 곳입니까?"

"아~ 그건 살아보면 알 거예요. 그리고 그건 말할 수가 없어요."

"네~."

"과거의 동네에 아영이에게 잘해 주세요. 제가 부탁하는 거예요."

"네."

은민이는 선생님의 심정을 알 수 없었다. 아영이는 과거의 여자이기 때문인지도 모르기 때문이었다.

현실은 중요할지 몰랐다. 그러나 현실의 삶을 위해선 과거도 중요하지 않았을까? 은민이는 그 후로 아영이를 만나지 못했다. 그리고 꿈을 꾸었다. 수이는 현실에도 존재했고 꿈에서도 보였다. 하지만 은민이의 과거의 동네에는 오지 않았다. 지금도 수이는 있었고 미래에도 수이는 있었다. 그런 수이는 언제나 함께였던 것이었다. 미래를 살아가는 은민이에게는 그것만은 보였던 것이었다.

연주의 동네

　사람들은 무엇을 하며 무엇을 하고 살기 바랄까. 쉬운 일을 한다거나 힘든 일을 하여도 두서가 있기 마련이었다. 연주의 동네에선 사람이 살아가는 데 기초적인 동네였다. 여기에서는 세탁기와 냉장고가 없었다. 그리고 보일러와 선풍기가 있었다. 도서관이 있었고 여기에서 책들을 보는 사람들이 많았다. 선이는 이곳에서 책들을 보았다. 선이에게 책은 항상 함께였다. 선이는 연주라는 동생이 있었다. 연주는 책 속에서 쉬는 곳을 배웠다. 그래서 지식으로 나무와 꽃들을 피우게 할 수가 있었다. 그리고 음의 세계인 연주를 할 수 있었다. 기타로 연주할 땐 만물이 소생하는 것이었다. 선이는 책을 쓰는 소설가였다. 그런 선이는 연주에게 책이란걸 가르쳐 주었다. 지식을 주는 것이었다. 연주는 과학자였다. 세균의 조잡을 알았고 생활의 사회를 알았다. 세균들도 법을 어기면 감옥에 가야하는 법규가 있었다. 냉장고로 갈 수 있었고 세탁기로 갈 수 있었다. 그리고 세균들이 배우는 발효란 법규를 배워야만 하였다. 그래서 감옥에서 나온 세균들은 김치 속에 갈 수가 있었다. 간장 속에 갈 수 있었다. 대표적인 발효란 곳에 세균들은 된장 속에 사회생활을 하여야 하였다. 그리고 쓰레기라는 곳에서 정리를 하는 법규를 배웠으며 타지방으로 험한 길도 떠나는 곳도 알아야 되었다. 돌아올 때는 책이라는 곳을 알아야 되었고 살아가는 목표임을 알아야 되었다. 연주는 선생님처럼 불리었고 지어주는 사랑을 알아야 되었다. 세균은 지구의 환경을 바꾸어 놓았다. 과거의 동네에서 질병으로 살아온 이들이 연주의 동네에서 사랑으로 감싸주는 것을 배우며 살았다. 머지않아 이들도 천국이라는 세계를 알 것 같았다. 그것은 선생님이 지어주시는 약과도 같았다. 공평하다는 것을 알아야되었고 사랑으로 세상을 지킨 것이다.

세균들이 아플 땐 치료를 해주었다. 맥박도 재어주었으며 혈압도 재어주었다. 그리고 침실의 따뜻한 분위기를 사랑으로 대해 주었다. 세균들은 베짱이와 개미와도 달랐다. 나쁜이들에게는 압박을 주어서 경고에 메시지로 이들을 철들게끔 하였다. 그런 벌레들과 곤충들은 철이 들기 시작했다. 싸움이란 법도보다 희생의 법도를 알아야 했고 희생의 법도에서 존중의 법도를 알아야 했다. 겨울날 날이 추웠다. 이들에게는 겨울잠 자는 것이 필요했고 무엇보다 사회 생활인 존중의 세계가 이들의 세계를 바꾸어 놓았다. 하늘에는 지키는 심정이 간절했다.

선이 씨가 은민이에게 편지 쓰지 않은 지가 꽤 되었다. 아마도 은민이는 선이 씨가 책을 부지런히 보고 있을 거라 생각하였다. 이모가 연주의 동네에 가는 것을 은민에게 반대하였다. 은민은 과거의 동네에 살아야 했다. 아픔을 주는 사랑 그런 사랑을 은민이는 이모에게서 배워야 했다. 이모는 아픔이 과거의 동네에선 필요하다는 것을 알게끔 해주었다. 그리고 잊지 않는 그 무엇을 기다림으로 가르쳐 주었다. 그래서 은민이는 자신을 기다려줄 공원 정자 벤치에 가끔 가 보았다. 아영 씨는 보이지 않았다. 은민이는 차가운 음료나 빼 먹을 뿐 이곳에서 이모가 산책을 나오는지 기다리기로 하였다. 이모는 아침에 오는 것 같았다. 그리고 농협은행에서 전화해 주었다.

"은민아 마트에서 장을 봐야지. 나올 거지."

"응 지금 갈 거야?"

이모는 은행 코너에서 기다렸다. 이모는 모자를 눌러쓴 채 은행 코너 모퉁이에서 기다리고 있었다. 은민이가 집을 나왔다. 그리고 부지런히 걸었다. 이모가 있는 곳으로. 이모는 은민이가 은행에 들러서도 눈길을 주지 않았다. 은민이는 이모가 있는 곳으로 다가갔다. 은민이는 "이모 왔네" 하고 가만히 있었다. 시간이 좀 흐르는 듯하였다.

"마트에 가서 장이나 좀 볼까?"

시장에서는 장날이었다. 반찬을 좀 살까? 싶었다. 하지만 마트에서 장을 보기로 하였다. 은민이는 마트를 둘러보았다. 이모는 필요한 것을 많이 사는 듯하였다. 은민의 집에서는 김이 두 봉지밖에 없었다. 은민이는 김이 있어야만 식단이 차려졌다. 입맛이 없는 날도 많았다. 어저께는 미역국을 끓였다. 소이는 미역국을 좋아했다. 소이는 은민이가 미역국을 끓일 때 된장국을 끓이자며 이별 연습한 때를 생각하였다. 된장국은 소이에게 대장에서 대장 세균이 이별하여야 할지 몰라서였다. 그리고 미역국은 아마도 소이에겐 생명을 생각게 하는 음식이었는데. 소이는 은민이의 아기를 가진 적이 있었다. 그것은 아마도 사랑의 끈이 아니었나 싶었다. 그리고 이별은 말하지 않았다. 산모에게는 필요한 것이 있었기 때문이었다. 소이는 평범했다. 그리고 일상생활로 돌아왔다. 은민이의 관심 가지기에는 소식을 전하는 그 무엇으로 바꾸어 나가는 것이었다. 사람은 소식을 기다린다. 그런 좋은 소식을…. 이모는 마트에 장을 보곤 집으로 갔다.

연주 선생님은 교회 식당에서 밥을 먹고 있었다. 은민이는 식판에다 부지런히 밥을 먹고 있었다. 김치가 없자 맞은편 연주 선생님의 김치를 찢어서 먹었다. 그리곤 배가 불렀다. 마저 밥을 다 먹은 은민이는 조금 더 앉아 있다가 식판을 내어주었다. 식판을 내어주는 곳으로 일어서서 간 것이었다. 그날 집에서 은민이는 면역학을 보고 있었다. 그리고 섬유소란 피브리노겐을 백혈구가 조심해야 할 부분이 있구나 하며 혈구들의 길 조심을 알아 가는 듯했다. 은민이는 항상 길 조심을 하였다. 면역에서 가르치는 건 공존하여서 사는 것이었다. 그렇게 세상은 둥글게 사는 것이었다.

- 당신의 그 모습이 천국에서 해같이 빛나리.
- 당신의 그 섬김이 천국에서 해같이 빛나리.
- 주님이 기억하시면 족하리.
- 예수님 사랑으로 가득 찬 이곳.
- 천사도 음모하는 아름다운 그곳 천국에서 해같이 빛나리.

은민이가 집에서 몬스테라에게 물을 주었다. 몬스테라에게는 화분에다 거름을 주었는데 화분의 거름이 물과 함께 화분 옆을 타고 흘러내렸다. 몬스테라는 바닥에 흔적을 남겼다. 베란다는 알 것이었다. 거듭나는 것을. 은민이는 베란다를 손으로 한번 쓸고는 보고만 있었다. 바닥이 차가웠다. 음의 세계에선 음치라는 것이 중요했다. 고정음 같은 것이 평온을 주었기 때문이었다. 은민이는 어릴 적 음치였다. 당연히 노래에는 재주가 없었다. 큰 노력으로 음치를 극복하는 듯하였다. 하지만 이것은 음을 바꾼다는 것뿐 중요하게 다가오지 않은 것 같았다. 음치라는 것이 더 매력적이라고 생각을 할 때 은민이는 음악을 사랑하였다. 그것이 노래였듯이….

　애태우는 시간이 많은 듯하였다. 사랑하는 사람을 보내줄 줄 알아야 되었고 사랑한다고 붙잡는다는 것은 사랑이라 말할 수 없는 듯하였다. 사랑은 믿음에서 오는 것이며 소망이 있는 곳에는 사랑이 머물 수 있어야 되었다. 그래서 소망이 간절한 곳으로 사랑은 함께여야만 하는 것이었다. 연주 선생님이 사랑에 터를 잡았다. 하늘에 배려가 있었다면 언제나 함께하는 것이 있었다. 그곳으로부터 타인의 터가 될 듯 꿈이 있었다. 꾸는 꿈과 이상적일 때 하늘 문은 열려 있었다. 기억하는 곳으로부터 영원히 거 하였다. 소꿉놀이가 아니었을까? 우주의 신설된 문을 연다는 것을. 기적은 하늘에만 있는 것이 아니었다. 기적은 보았을 때 남는 무엇으로 인도 하는 길이었다. 수이는 길을 가르쳐 주었다. 은민이가 가야 할 인도를 함께 걸어간 것이었다. 험난한 세상도 고생이 많은 길도 수이는 은민이의 인도자였다. 은이는 은민이에게 전화를 가끔 하였다. 그리고 은민이와 만나주는 것도 잊지 않았다.

　과거에서 은민의 미래인 수이를 은이는 만나고 싶었다. 그런 은이는 수이를 본 적이 없다. 하지만 만난다는 것이 가능했다. 은민이가 보이지 않는 곳에서. 그리고 은이의 기억 속에서 만날 수가 있었다.

은이는 은민의 과거의 여자였기 때문이었다. 은민이는 현실에 존재하는 사람이었다. 과거와 미래는 보이기는 하나 은민은 만난다는 것이 존재하지 않았다. 은민이는 은이와는 만날 수가 있었다. 은이도 수이를 만날 수가 있었다. 은이와 수이는 존재에 있는 한 함께인 것이었다. 수이는 은이에게 놀러 갈 수가 있었다. 하지만 은이는 그런 수이의 여자를 예측할 수 없어 만나기가 힘든 것이었다. 다만 은민이는 은이와 수이가 은민의 몰래의 사람인 것은 분명했다. 현실에서 다리를 놓아주어 은이는 수이를 만났던 것이었다. 그런 은민은 은이가 친구였고 수이는 그냥 알 뿐이었다. 은민이가 존재한다는 현실이 있다는 것으로부터⋯.

소이가 메가시티에서 소진이라는 친구를 알면서도 모르듯이 과거는 기억만으로 족한 것이었다. 그러나 과거는 흘러가는 것이므로 과거에 속한 소진이도 과거의 동네에서 영원히 소이와 함께할 수 있었던 것이었다. 그리고 메가시티에서는 소이에게 소진이가 보였던 것이었다. 은민이가 메가시티에서 은이가 보이지 않았던 것은 은민이가 남자이기 때문이었다. 그러나 과거의 동네에서 은이와 만날 수 있었던 것은 은이는 여자였기 때문이었다. 흔히 말해 소이는 현재와 과거 미래를 안다는 것이었다. 그렇기때문에 현실에서의 여자는 모든 것을 꿈꾸는 그런 존재감이었던 것이 아니었을까? 그리고 소이에게 은민이는 배우자로서 소이를 존중해 주어야 했던 것이었다. 그런 귀한 사람이라는 것을⋯.

은민이가 현실만 중요하게 생각하는 까닭은 남자로서 현실을 이겨야 하기 때문이었다. 소이를 지켜준다는 것은 소이는 자신의 세계를 알고 있다고 판단하여야 하기 때문이었다. 은민이는 왜 수이가 자신이라는 것을 알면서도 모르는 것일까? 그것은 미래는 예측하는 것이 아니기 때문이었다. 그런데 은이는 예측할 수 없는 수이를 왜 수이로부터 만날 수가 있었던 것이었을까? 그것은 은민이가 살면서 수이를 차츰 만나고 있기 때문이었다. 그런 수이는 차원에서 은이도 만날 수가 있었다. 미래가 있어야지 과거가 있기 때문이었다. 미래가 없으면 은이는 과거에만 머물러야 할 것이었다. 아니면 천국에서⋯. 그래서 애초에 사람은 만나고 헤어짐이 자유로워야 할 것이었다. 이다의 세계를 잘 안다면⋯.

현실의 동네에선 왜 과거가 중요할까? 현실에서는 아픔이 많아 보였다. 그리고 돌아올 수 없다는 것을 알아야 하는 것인지도 몰랐다. 하지만 지나온 날을 되돌아보는 시간을 가진다면 현실에서는 과거가 존재하였던 것이었다. 미래의 꿈을 안다면 현실은 미래로부터 지금도 현실이 존재하여야 하는 것이었다. 하나님께선 아무래도 현실을 소중하게 보아주시는 듯하였다. 모든 것이 현실에서부터 오기 때문이었다. 시간의 법칙이란 돌아올 수가 있는 것이고 찾아갈 수 있는 것이었다. 그것은 천국으로부터 현실을 사는 모든 사람에게 공평하였던 것이었다. 그러므로 사랑을 하면서 살아가는 것이었다. 현실은 연주의 세계로 굉장히 중요한 판단이 내려진다. 하나님의 섭리에 따라 선을 베풀고 주위를 둘러보는 연주의 세계가 되어야 하는 것이었다. 연주란 선만을 말하며 천국의 곡식을 쌓아두는 성품을 말하는 것이었다. 하나님께서 얼마나 사랑하셨으면 태초에 영원을 주기 위해서 에덴동산을 지었을까?

그런 감사함을 하나님께서 주신 것이다. 그런 연주의 세계에선 감사함이었다.

꿈 많았던 지난 날

은민이의 새해가 밝았다. 지난날처럼 신나는 분위기는 아니었다. 다소 차분한 기분을 보내며 은민이는 커피를 마셨다. 이모는 아파서 병원에 입원하였다. 방 안에는 크리스마스트리가 어두운 주방을 밝혀 주고 있었다. 코로나19 시대에서 마스크를 쓰고 다니지 않으면 길을 다니기가 어려웠다. 사람들은 마스크를 쓰고 다녔다. 길가엔 눈이 왔는지 흰 눈이 길가에 서늘하게 있었다. 중앙길엔 더듬 눈이 얼음 길로 변한 게 있었고 아직은 날씨가 차가웠다. 은민이는 아랑곳하지 않고 가게에 들른다.

아영이는 9라는 숫자를 좋아하였다. 새해에 9일에 태어났기 때문인지도 몰랐다. 책을 좋아하는 연주 선생님은 인터넷서점을 좋아하였다. 기억세포는 모든 세포에 중심이 되었다. 세포들은 기억하고 있었다. 자신의 발자취를 남기려면 암호화 기억을 하여야만 하였다. 배고플 땐 리소좀이란 곳에서 굶기를 하여서 인체의 체구를 조절해 나

가는 것이었다. 리소좀에서는 배설기관인 것이 세포 밖의 부분에 전달하는 것이었다.

　아영이는 은민이의 말심정을 딱 잘라서 말을 하였다. 그리고 대화에 관한 문제는 조심스러운 듯 은민이가 알아가는 듯하였다. 은민이는 아영이와 같은 곳에서 생활한 적이 있었다. 아영이는 물을 좋아하였다. 은민이가 커피를 뽑아준대도 커피는 상대를 안 하였다. 가끔은 은민이가 사다 주는 캔 커피를 받았지만 그건 드문 얘기인 것이었다. 40이 되어버린 아영 씨는 어째서 세월을 보내었는가 하며 은민이가 애를 태웠다. 연주의 동네의 선이 씨에게 카톡 문자를 보냈다. 선이 씨는 문자를 받아주는 편이었다. 선이 씨는 동화소설을 좋아하였다. 편지 속엔 동화에 관한 것이 대부분이었으며 편지에 동화도 적었다. 선이 씨도 40대 중반쯤 되었다. 그런 선이 씨는 연주의 동네에서 책을 보며 잘 지내는 것 같았다. 그곳엔 교회가 있었다. 연주 선생님은 교회를 다녔다. 그리고 찬송이며 찬양을 좋아했다. 그리고 노래를 잘 불렀다. 말씀을 섬길 때면 하나님이 보고 싶었을 것이었다. 은민이는 연주 선생님에게 만나주기를 문자를 보냈다. 소이는 메가시티에 다시 가곤 하였다. 은이 선생님은 로봇동물들을 잘 보살펴주고 있었다. 소이가 은민이에게 연주의 동네에 사시는 연주 선생님을 한번 만나볼 것을 권하였다. 연주 선생님은 김밥천국이라는 곳에서 셋이서 김밥과 우동을 먹었다.

　"은민 씨 로봇이라는 동네가 있다구요."

　"네."

　은민이는 소이를 바라보았다.

　"선생님 그곳엔 로봇들이 생활하고 있어요. 그리고 인간의 도움으로 살아가고 있어요.”

“소이 씨 그곳이 어딘지….”

“메가시티란 곳이에요. 과거의 동네에선 보이지가 않죠.”

“그럼 여긴.”

“여긴 과거의 동네예요.”

소이가 말하였다.

“메가시티에서 선생님을 보고 싶어 하는 사람이 있거든요. 선생님이 좋아하실 거예요.”

소이가 말하였다. 그리곤 소이는 메가시티에 대해서 간단하게 설명하였다.

“메가시티는 인간이 만든 첨단도시이고요. 과거의 도시에서는 보이지 않습니다. 그건 아마도 과거에 사는 사람들의 누리는 특권이기도 하기 때문인 것 같습니다. 그리고 은민이에게는 메가시티가 존재하지 않는 이유는 아마도 그건 남자이기 때문이 아닐까? 싶습니다. 더욱이나 그곳은 몇 광년이나 되는 아주 먼 곳입니다. 그런데 단 28분 만에 고속기차가 가고, 로봇동물의 낙원입니다. 인간들은 제2의 별 제3의 별을 짓고선 떠나 버렸지요. 그리고 돌아오는 길을 아마도 메가시티로 정하였나 봅니다. 우주의 지존자가 되기 위해선 이들에 감지가 필요하고 통치에 의한 정치권을 인간이 가져갔죠. 그래서 다시는 인간세계가 과거에 머물러야 하는 과거의 동네가 생겨 난 거죠.”

소이는 말을 하다 우동의 면을 집어서 먹곤 국물을 숟가락으로 먹었다. 은민이는 듣고 있었는지 못 들은 건지 김밥을 다 먹어버렸다.

“아직은 생소할 겁니다. 그에 대한 메가시티에 대해서. 인간은 메가시티를 지었다가 사라지게 할 겁니다. 그의 무서움이 말할 수 없을 정도니까요."

"그럼 인간이 메가시티를 두려워하는 것이겠군요. 아님 컴퓨터가 인간을 두려워하는 것이겠구요."

"네. 맞는 것 같습니다. 지구는 원래는 원초의 별이었지만 미래를 꿈꾸는 시대가 되자 욕심과 욕망이 지배한 것이지요."

은민이는 음식을 다 먹었는지 카운터에 가서 계산하고 있었다.

"은민 씨는 잘 모르나요."

연주 선생님이 물었다.

"제가 메가시티에 대해서 설명은 해줬죠. 그러나 알아듣지는 못하는 것 같더라구요. 에이~ 그러고 그런 게 어디 있어. 그러고 메가시티가 있는 건 알죠. 요즘에 시대가 첨단시대이니까요."

"놀랍네요. 그런 곳이 있다는 것이. 지구는 폐허가 되었는데 어찌 그런 곳이…"

"지구는 천천히 과거의 동네로 돌아가고 있어요. 선생님."

다음날 연주 선생님은 소이와 KTX 역에서 만나기로 하였다. 연주 선생님은 호텔에서 머물다가 약속 장소로 갔다. 소이 씨는 기다리고 있었다. 차표를 끊곤 기차홈으로 갔다. 기차는 수많은 첨단도시를 보여주었다.

메가시티에 활주로에서 기차홈이 다가왔다. 로봇들이 수없이 많았다. 강이와 닮은 로봇이 보였다. 눈짓하였다. 의심스러웠다. 연주 선생님은 소이 씨와 은이 선생님이 있는 로봇공간에 들어가 보았다. 은이 선생님은 로봇들을 돌봐주고 있었다. 그리고 연주 선생님이 보기엔 로봇들이 아픔을 간직하는 것 같았다. 소이 씨가 은이 선생님과 무슨 말을 하였다. 은이 선생님은 로봇들의 생활들과 이곳의 로봇들에 대해서 설명해 주었다.

소진 씨가 이곳에 잠시 왔다 간 모양이었다. 소진이는 꿈에 대한 설명을 하곤 이곳에서 간 것 같았다. 연주 선생님과 은이 선생님은 테이블에 앉았다. 소이 씨가 메가시티에 대한 얘기를 꺼내며 동물들이 이곳에서 아픔을 왜 느껴야 하는지 안타까운 표정으로 미소 지었다. 연주 선생님은 은이 선생님의 말에 귀를 기울였다. 그리고 은이 선생님이 내미는 자료를 읽어 보았다. 이곳 휴식 공간의 구조며 법규에 대한 내용들이 있었다. 은이 선생님은 이곳에 동물 로봇들이 대부분 천국에 가길 원했고 천국에 간 동물 로봇들이 많다고 하였다. 연주 선생님은 듣고만 있었다. 그리고 한마디 하였다.

"이곳에 아픔이 있나요."

"네. 아픔이 없으면 동물 로봇들이 자립하게 되죠."

"그것이 무엇인가요."

"로봇들은 엄청난 계산을 가지고 있는 거죠. 인간이 로봇에게 생명을 주는 이유는 로봇들도 살 권리를 주는 것이지요. 선과 악 중에 선만이 있다면 이들에게도 천국을 지어주는 것이지요. 지금은 시험 단계에 있다고나 할까요. 동물 로봇에게도 영원을 지어주기 위한 단계라는 걸…."

은이 선생님은 이야기를 마치곤 발효음료를 가지러 가곤 연주 선생님에게 발효음료를 건넸다.

"마셔보세요."

은이 선생님이 말하였다. 연주 선생님이 발효음료를 마셨다.

"참 맛있네요."

"여기는 이승과 저승의 경계 부분입니다. 맛을 느낀다는 건 이승에 가깝습니다. 저승에선 기분으로 되어 있습니다. 마음이라는 곳에서…."

연주 선생님은 마법을 쓸 줄 알았다. 그것은 비밀이었다. 이런 곳에서 사람이 살아간다는 것을 배워야 한다는 것이 고뇌를 스치는 듯하였다.

소이는 소진이가 있는 곳으로 갔다. 소진이는 미소를 지어주었다. 오늘은 소진이가 소이에게 한 가지를 가르쳐 주려고 하였다.

"소이 씨 소이 씨는 나의 영원한 친구예요. 그렇게 생각하죠. 소이 씨도."

"물론이죠."

"이곳에 정을 안 주는 게 좋아 보여요. 나중에 과거의 동네에 가면 제 생각을 좀 해주세요. 마지막이 될 줄도 모를 겁니다."

"소진 씨는 언제나 멋있는 이야기를 하네요. 그래요."

소이는 답변해 주었다. 그리고 소이는 연주 선생님이 있는 곳으로 갔다. 연주 선생님은 소이와 이곳을 떠났다. 과거의 동네로.

아영이의 납치 사건

이모가 병원에 입원하자 이모는 민이를 은민이의 집에서 기르기로 하였다. 민이는 은민이 눈치를 보기 시작했다. 은민은 토끼의 밥을 주며 간식을 주었다. 배변판을 놓아주며 며칠에 한 번씩 씻어 주었다. 그런 민이는 은민이를 좋아하지 않았다. 안아줄 때면 땅바닥으로 달아났다. 그런 민이는 밥을 먹는 것을 눈치를 보면서 먹었다. 그런데 왠지 이상한 눈빛을 보며 민이에게 어떤 감정을 느꼈다. 은민이는 하는 수없이 애정을 주지 않으며 그냥 세월을 보내듯 민이를 대했다. 민이는 씻기를 혼자서 하며 약간의 손을 사용하는 고등적인 동물로 생활하였다. 이모가 없는 와중에 민이는 자주 무슨 신호를 보내는 것 같았다. 은민이는 알 수 없는 신호에 이상한 낌새가 드는 듯하였다. 소이는 메가시티에서 과거의 동네로 오고 있었다. 하늘에서 별똥별이 떨어졌다. 제2의 신호인 것 같았다. 은민이는 신음동에 가기로 하였다. 오늘은 아영이가 공원에 나와 있었다. 누구와 함께 이야기를 나누고 있었는데 은민이는 가까운 곳에서 아영이가 누구와 이 야기하는지 보았다. 민숙이 언니였다. 오랜만이었다. 은민이는 공원을 나와 신음동으로 길을 걸었다. 차들이 좀 없어 보였다. 이마트에들러 보기로 하였다. 그영 씨가 마트에서 장을 보며 나왔다. 마트에서 장을 보고 나오는데 우주선 하나가 신음동 사거리에 내려 정착하였다. 많은 로봇동물이 사거리를 덮쳤다. 차들이 파괴되었다. 그리고 현실의 동네와 과거의 동네를 위협하였다. 사람들이 로봇들에게 장악당하였다. 로봇 동물 뒤로 강이 로봇이 있었다. 강이 로봇은 다른로봇들을 지휘하였다. 그리고 공원 쪽으로 갔다. 공원에 사람들이 아영이와 민숙 씨를 지켰다. 어느덧 인간과 로봇 동물이 마주쳤다. 강이로봇이 천천히 아영이 앞으로 다가왔다. 강이 로봇이 말하였다.

"인간들은 앞으로 우리가 지배할 것이다."

엄청난 재앙이었다. 메가시티에 있는 동물들이 온 세상을 덮친 것이었다. 그리고 저 멀리 우주에 가지 답신이 정해졌다. 그리고 로봇 동물들은 가슴에 자칭 컴퓨터를 빼냈다. 이들은 벌써 자칭 컴퓨터로부터 자립을 한 것이었다. 우주에서 인간들이 컴퓨터를 매칭하며 지구로 군사력을 보냈다. 아영이는 강이 로봇에게 잡혀갔다. 그리고 메가시티는 폐허가 되었다. 그렇게 군사력을 보유하고 있었던 로봇 동물들은 또다시 인간을 위협하기 시작했다. 소진이와 은이가 과거의동네로 왔다. 과거의 동네에서 소진이와 은이가 과거의 동네에서 모습이 보였다. 소이가 은이 선생님과 소진이를 보며 놀라워 하였다. 메가시티는 파괴가 되기 시작했다. 인간들은 메가시티에서 철수하였다. 우주에서 로봇과 인간이 전쟁하였다. 제2의 별이 장악당하고인간의 정착지였던 화성을 장악하였다. 너무 악한 세계가 올 것 같았다. 아영이는 기지국에서 동물들의 감옥에 독방으로 있어야 했다. 왜 하필이면 아영이였을까?

은민이가 연주 선생님을 만날 수가 있었다. 하나님은 계획하고 계신 것이었을까? 로봇들은 제3의 별도 장악을 하는 듯싶었다. 연주 선생님은 세균들을 이용하였다. 그리고 세균들에게 답신을 주었다. 로봇들은 엄청난 많은 숫자의 세균에 밀리기 시작했다. 강이 로봇은 인간들의 인력에 밀리기 시작했다. 인간들은 텔레비전을 이용하였다. 그런 강이 로봇은 텔레비전으로 아영이를 미끼로 삼았다. 은민이는 아영이를 보며 눈물을 흘렸다. 강이 로봇은 아영이를 공원으로 다시 돌려보내는 제안으로 메가시티는 파괴하겠다고 말했다. 동물 로봇들은 강이 로봇의 패배의 말이 슬퍼지기 시작했다. 민이는 동물들을 신호로 하였지만, 강이의 패배로 동물 로봇들은 천국에 가기로 하였다.

로봇들은 너무 아파서 모두 천국으로 가는 것을 택했다. 그리고 메가시티는 파괴가 되었다. 동물 로봇들도 일제히 파괴되었다. 민이는 야성으로 돌아갔다. 과거의 동네가 있는 강이 무덤가로 갔다. 그리고 그곳에서 강이의 무덤을 지켰다. 이모는 너무 슬퍼하였다. 동물 로봇은 우주에서 사라져 갔다. 그리고 아영이는 신음동 공원으로 보내졌다. 아영이는 아픈 사람이었지만 강이 로봇이 아영이를 제물로 삼은 것은 이 우주에 인간은 과거를 모른 지가 오래되었기 때문이었다. 그래서 강이 로봇은 과거를 아는 인간을 납치한 것이었다. 로봇들은 인간을 이길 수 있었다. 과거를 모르는 인간을 그런데 너무 아파서 그만 져 버리고 만 것이었다. 그리고 모두 천국으로 가는 길을 택했다. 그리고 그곳을 산 사람이라면 아무에게도 가르쳐주지 않았

다. 그리고 과거를 기억하며 살아라는 메시지를 남기고 떠났다. 그것
이 바로 아영이를 풀어주는 것이었다. 인간은 승리하였다. 별들의 전
쟁에서 그러나 지켜 볼 것이었다. 천국에서….

강이는 떠났다. 하나님 품으로.

아영이는 현실의 동네에서 과거로의 삶이 있는 곳인 공원을 찾았
다. 평온이 찾아온 것 같았다.

S 병원에 가기 위해 아영이는 차를 기다렸다. 은민이는 아까부터
아영 씨를 기다리고 있었다. 아영 씨에게 인사를 하곤 책 한 권을 권
했다. 그러나 아영 씨는 받지 않았다. 은민이는 머쓱하였다. 돌아오
는 길, 공원에 들렀다. 그리고 자판기의 캔 커피를 빼다가 마셨다. 저
멀리서 이모가 온 때를 생각하였다. 소이에게 전화가 왔다. 그러나
은민이는 받지 못하였다. 문자를 보냈다.

‘소이야 새해 복 많이 받아.’

은민이는 집으로 향했다. 베란다로 갔다. 몬스테라가 자리를 꿋꿋
하게 지켰다. 물을 주었다. 은민이는 속에서 자라나는 몬스테라의 새
잎을 한 잎 따 버렸다. 그리고 책꽂이에 얹어 놓았다. 소이의 사진을
보았다. 소이는 미소를 짓는 듯하고 있었다. 은민이는 자신의 소설을
읽고 있었다. 아니한 세상에 내가 존재 한다는 건 보배로운 일인 것
같았다. 소이에게 전화가 오면 받아야지 하고 기다리고 있었다. 지갑
을 열어 보았다. 가게에 들렀다. 캔 커피가 100원이 올랐다. 소이의
전화가 왔다.

“은민아 대구에 놀러 가자.”

“대구. 메가시티는 어떻게 되었어.”

“응 메가시티 다시 짓고 있데. 이번엔 몇 광년을 축소한대.”

"응 메가시티. 소이야 이번엔 제대로 짓겠지."

"그럴 거야. 아마."

"그래 줄게 있어."

"뭔데."

은민이는 전화를 끊었다. 은민이는 보따리에서 아영 씨에게서 받아온 반지를 보았다. 그리곤 한참 생각 후에 다시 제자리에 두었다. 소이가 은민이를 만났다.

"그래 줄게 뭐야."

"마음. 살아오면서 소이를 만난 게 너무 잘한 것 같애."

은민이와 소이는 대구에 놀러 갔다. 소이는 메가시티를 찾았다. 은민이가 메가시티를 보았다. 넓은 메가시티를 짓고 있었다. 하늘엔 별이 보였다. 은민이와 소이는 메가시티에 휴식 공간에 들어갔다. 은이와 소진이가 있었다. 그리고 네 사람은 이야기를 나누었다. 지난날이 그리웠다. 은이 선생님이 소이 씨에게 뭔가를 건넸다. 다시 공간의 차원을 이용할 수 있는 서비스권을 준 것이었다. 은민은 소이의 서비스권을 보며.

"또 시작이겠구만."

하였다. 9일 아영이를 만났다. 아영이의 생일이었다. 그리고 집에서 가져온 반지를 돌려주었다.

보따리에는 소중한 보물이 가득 있었던 것이었다.

2부

수

신음동의 로봇과의 우주전쟁은 아영이에게 충격을 주었다. 아영이는 집에서 떨고 있었다. 부모님께서 아영이를 진정시키기에 바빴다. 아영이는 로봇들을 처음 보았을 것이다. 그리고 우주의 아니한 종말이 오는지 알았었다. 인간을 지배할 것이다라는 토끼 로봇에 말을 자꾸 떠올렸다. 그들은 왜 인간과 전쟁을 원했으며 전쟁에서 패배한 것이었을까? 그리고 인간은 로봇들을 다시금 아픔의 세계로 돌려버린 것이었을까? 메가시티에서 공간 차원을 다시금 짓기로 했는데 인간은 메가시티를 보수의 공사로 하여야 하였다. 막대한 자원이 들어가는 것이며 많은 인간이 메가시티에 공간적인 차원으로 보수를 하였던 것이었다.

로봇공장을 다시금 지었다. 그리고 인간 로봇이 지배하도록 인간 로봇을 만들기로 하였다. 인공지능을 가진 인간 로봇은 메가공장 메가로봇공장에서 지어졌다. 인간 로봇은 달랐다. 많은 메가의 시티를 순식간에 지어내는 능력을 갖추기 시작했다. 인간은 그리고 태양계란 범위의 메가시티란 공간을 짓고 메가시티를 축소한 것이었다. 태양계의 정보는 이곳을 거쳐야만 하였다. 인간 로봇의 아니한 전투를 벌일지에 대해서 임시 울타리를 쳐 놓은 것이었다. 대구에 스마트공장을 짓기로 한 것이었다. 메가시티에서 많은 앱을 우주에 깔았다. 인간은 불필요한 앱은 제거에 들어갔다. 그리고 서대구 성서공단에 슈퍼컴퓨터를 설치해 놓았다. 이 인간 로봇이 범위를 벗어나면 죽음을 맞이하는 것이었다. 인간은 이 계기로 로봇에게 죽음이라는 것을 만들어 주었던 것이었다. 인간은 말하지 않았다. 이들은 죽으면 어디로 가는지. 슈퍼컴퓨터는 성서공단 전부가 컴퓨터의 단지였다.

인간은 컴퓨터의 세계를 이 세계로 보았다. 컴퓨터는 똑똑하였다. 그리고 대구의 메가시티는 3차원으로 지어졌다. 1차원은 대구시티, 2차원은 메가시티, 3차원은 로봇시티로 지어졌다. 또다시 대구는 메가시티에서는 보이지 않았다. 로봇은 과거의 동네로 지어졌다. 모든 AI나 인공지능이 이곳에 통치 받았다. 인간은 인간로봇들이 조심스러웠다. 인간 로봇은 그리고 여자로 지어져서 공장에서 만들도록만 하였다. 여자 로봇은 로봇시티에서 지어졌다. 인간은 화성에 통치국을 만들었다. 그리고 우주의 통치국을 대한민국 서울에 만들었다. 서울은 메가시티에 본 고향이었다. 그러나 과거의 동네는 대구에만 지어졌다.

인간은 동물 로봇을 지배하기 위해서 인간 로봇을 만든 것이었다. 이들은 메가시티에서만 살게 되어 있었다. 그리고 로봇은 로봇시티에서 만들어졌다. 더 이상 자가생식은 인간이 허락하지 않았다. 인간은 보고 있었다. 과거의 동네인 대구시티에서. 소이는 이런 대구의 3

차원 시티를 다 알고 있었다. 소진이는 대구시티에 살았다. 은이는 메가시티에 살았다. 연주 선생님은 신음동이라는 과거의 동네와 현실의 동네의 중심지인 이다의 동네에 살았다. 아영이는 충격을 너무 받았은지 병원에 입원하였다. 그곳에서 간식을 먹으며 밥도 먹었다. 생활을 병원에서 하여야만 하였다. 이모가 가끔 전화하였다.

“여보세요.”

“어 이모.”

“별일 없제.”

“그냥 집에 있어. 갈 때도 없고.”

“그래 나는 잘 있어. 걱정하지 마.”

“어 이모.”

“전화나 잘 받고 해. 그럼 또 전화할게.”

이모는 그러고선 전화를 끊었다. 이모는 그러고선 하루에 한두 번씩 전화하였다. 은민이는 집에서 보내고 있었다. 그영 씨가 아영이에 대해서 전화가 왔다.

“왜 아영이를 동물 로봇들이 납치했을까요.”

“그야. 인간들이 아영이를 잘 몰라서 로봇들이 아영이를 납치한 거죠. 그들이 그렇답니다. 아영이가 이 현실 세계에서 중요한 역할을 한다고요.”

“네 친구 생각하면 마음이 아파서. 흑흑. 다시는 이런 일이 없어야 할 텐데요.”

“그렇죠.”

“네. 그럼. 또 전화할게요.”

“네.”

　은민이는 마음이 아팠다. 그영 씨에 대해서. 그리고 아영 씨에 대해서. 그렇게 은민이는 아픈 마음을 추슬렀다. 소이에게서 전화가 왔다.

　"은민아 뭐해."

　"그냥 있어. 웬일로."

　"메가시티에 놀러 가자."

　"메가시티 난 그곳이 어딘지 잘 몰라. 혼자 갔다 와."

　"그래. 다음에 봐."

　소이는 그러고선 메가시티에 간 모양이었다. 메가시티에서는 공사를 하는 곳이 있었고 저번과 별 차이는 없은 듯하였다. 사라진 것이라면 블랙홀이 없어졌다는 것이었다. 소이는 백화점에 들렀다. 우아한 백화점이 소이의 마음을 사로잡았다. 그리곤 목걸이를 뚫어져라 보았다. 여러 개를 구경하였으나 가격표를 보니 1천만 원을 한다는 것이었다. 소이는 가느다란 금목걸이에 충동을 못 이겨 목걸이를 고르고선 계산하였다. 그리고 직원에게 1천만 원 수표를 주었다. 그리고 전화를 걸었다.

　"은민아 돈 좀 부쳐줘. 100억 정도."

　"나 5만 원밖에 없어."

　"전자 화폐 말이야. 필요하니까. 신용카드에 돈 부쳐줘."

　"알았어. 그리고 돈 좀 아껴 써."

　"그래. 지금 빨리." 그리곤 소이는 전화를 끊었다. 소이는 메가시티에 집을 살 모양이었다. 15평 아파트를 구경하였다. 임대였다. 그리고 가격이 2억 하였다.

　"돈은 계약이 끝나는 대로 드리도록 할게요. 일단은 풀 옵션이죠."

"네."

하루가 지나 소이는 계약금과 잔금을 모두 지불했다. 소이는 로봇 공장을 구경하고 싶었다. 인간들이 인간 로봇을 한창 만들고 있었다. 특히나 완성된 로봇을 보았는데 말을 하지 못하고 기초의 소리만 내었다. 그리고 말귀는 다 알아듣는 것 같았다.

"잘 생겼네."

"으으~"

"그래 네가 할 일이 뭐야."

"으으~ 삐리삐리~."

"말을 통 못하는구나. 휴식 공간으로 가자."

"으 삐리삐리~."그리곤 인간 로봇은 소이를 따라갔다. 그리고 전기 음료를 주었다.

로봇은 천천히 전기 음료를 먹었다.

"그래 밥 사 줄까?"

"으 삐리삐리."

"알았어. 음식점에 들어가자."

인간 로봇은 소이를 따라 들어갔다. 그리고 자리에 앉았다. 전기 음식을 먹었다. 소이는 오뎅을 먹었다.

"그래 집이 어디야."

"삐리삐리 으~."

"모른다고."

"으 삐리삐리~."

"넌 도통 말을 못하는구나."

소이는 웃음이 나왔다.

"말 못 하는 로봇이라. 넌 그럼 뭐 할 줄 알아."

"..."

로봇 머리에서 글자 자막이 흘렀다.

-말은 못 해도 의사소통은 가능해.

"흥 인간들이란. 역시나 저시개나. 별일이야."

-듣는 말로만도 재밌어.

"삐리삐리~으."

"그래."

소이는 인간 로봇과 잠시 대화하고 헤어졌다. 소이는 대구시티에 가 보았다. 대구시티 빌딩의 방에 가 보았다. 소진이가 있었다.

"소진 씨. 오랜만이에요. 별일 없었죠."

"네, 별일이야 있겠어요. 소이 씨를 보니까 반갑네요. 언제 오는지 기다렸어요."

"네, 소진 씨가 앞으로의 대구에서 생활이 시티 관리원이라구요."

"네, 소이 씨가 아는 그대로죠. 테이블에나 앉을까요."

소이는 가르키는 테이블에 앉았다. 소진이는 발효음료를 가져다 소이 씨 앞으로 내밀었다. 그리곤 소진이는 발효 수프를 가지고 오고선 천천히 먹었다.

"소이 씨 고향이 어디예요."

"과거의 동네. 거기서 살았죠."

"목걸이를 사셨네요."

"보기가 좋아서 사 봤어요."

소진이는 한참을 찾더니 반지 하나를 건넸다.

"목걸이에 걸고 다녀요. 그리고 절 기억해 주세요."

"당연하죠. 소진 씨."

소이는 반지를 받고선 기분이 좋아졌다. 예전에도 반지를 은이 선생님에게 받았지만, 이번에는 기분이 좋은 것은 어쩔 수가 없었다.

"소진 씨 저도 무언가를 주어야 할 텐데요."

그리고선 손목에 차고 있는 은팔찌를 선물로 주었다.

"소진 씨 소진 씨도 저를 기억해 주세요. 굉장히 좋으신 분 같아요."

"네."

그리고 소진 씨는 팔찌를 받았다. 소이 씨가 끼워주는 팔목에 소진 씨는 쓴웃음을 지었다. 소이도 쓴웃음을 지었다.

"소이 씨 언젠가는 알게 될 거예요."

"……."

소이는 말이 없었다.

"그렇겠죠. 소이 씨 마음 다 아니 염려 마세요."

소진이는 알고 있었다. 소이의 마음을 사실은 소진이는 소이가 살아가면서 발자취를 남기는 것은 다 기억하고 있었다. 미래의 소진이가 누군지 소진이가 그것마저 알고 있었다. 소진이는 왼쪽에 팔찌를 차고 있었다. 소진이가 물어볼 게 있었다. 과거의 동네에 은민이를 사랑하는지….

소이는 대답이 없었다. 그리고 사랑은 해서는 안 된다고 소진 씨가 말하였다. 소이는 왜 그 말을 들어야 하는지 몰랐다. 소진이는 질투를 한 것이었다. 그리고 그럴 만한 사유가 있었다.

방에서 소진이는 방문을 열었다. 그리고 바깥바람이 들어왔다. 소이가 가고 소진이는 명상의 시간을 가졌다. 음악을 듣고 있었다. 생

음악이었다. 누군가가 불러 주는 것이었다. 소이의 또 다른 분신의 소리였다. 소진이는 책을 꺼내며 탁자에서 읽고 있었다. 시계가 흐르고 있었다. 그리고 소이가 무엇을 하는지 생각하였다. 소진이는 육신으로 되어 있었다. 그리고 영원은 따로 있었다. 그건 아마도 소이가 영원이었다. 대구의 메가시티에선 과거의 기억들이 고스란히 몫으로 돌아왔다. 소진이는 육신이지만 과거의 육신이었던 것이었다. 소이의 기억 속에. 소이도 소리는 알고 있었다. 하지만 알 뿐, 미래는 오기 마련이었다.

　미래에서 소리는 소이가 지나온 날을 다 알았다. 그리고 소이는 미래는 알 뿐이었다. 이다의 세계에선 천국이었다. 소리가 이 세상에 천국일 때 소리는 소이가 되는 것이었다. 그것은 아마도 몇조 년이 흘러도 똑같은 현실과 같은 것이었다. 소진이도 그날이 무엇인지 알았다. 그리고 소진이는 알고 있었다. 소리가 누군지. 소이는 평범하게 과거의 동네에서 살았다. 그리고 현실에서 은민이를 사랑하여서는 아니 되었다. 그것은 여자만이 알아야 할 질문이었다. 소진이가 창밖으로 지나가는 사람들을 보았다. 그리고 집 안을 청소하였다. 그것은 마음의 청소였다. 그리고 현실의 청소였다. 소진이는 대과거 소이의 분신이었던 것이었다. 말할 수 없는 그리고 현실을 사랑하는 소이 씨로부터 존재하는 것이었다. 소진이는 사실 먹지 않아도 살아가는 존재였다. 그렇지만 현실의 소이 씨 때문에 먹을 것을 먹는 단순함이었다. 소이의 사랑은 소진 씨여야만 하였다. 그것은 소이 씨가 알 때 소진이는 마음이 되어주는 것이었다. 소진이는 소리에게 마음의 편지를 보냈다. 영원의 편지였다. 소이와 소진이 소리는 하나가 진짜였다.

여자란 세계에서 은민이를 모르지만 하나는 마음으로 보이는 것이었다. 첫사랑이 아닌 나만의 세계가 여자라는 걸. 그것은 이다의 세계였다. 이다에선 전문적이었다. 하지만 소이는 은민이가 모르듯 소이도 모르는 것이었다. 소이는 딸자식이 소이에게 무한함을 주는 듯하였다. 영원의 세계에선 보이는 것이 하나 있었다. 그것은 나 자신이었다. 그리고 은민이는 소이를 사랑하였다. 소이는 소진이의 말대로 은민이를 멀리하기로 마음을 가졌다. 그것은 현실에서는 아주 중요한 것이었다. 그렇게 하여야 만이 소이는 은민이의 마음의 사랑을 받는 것이었다.

현실적으로 사랑을 주는 것은 불필요한 점이 많았기 때문이었다. 소진이는 수선화를 기르기로 하였다. 수선화는 소진이의 방에서 길러졌다. 이름을 수라고 불렀다. 그리고 며칠이 지나 수는 싹이 났다. 소진이는 은민의 수인 수이를 언젠가 만날 듯 보였다. 그건 소이를 통해서만 가능하였다.

소이는 메가시티에 방을 얻고선 메가시티에서 살았다. 현실에서는 고가치에 엄청난 돈이 따랐다. 버스비가 3,000원이며 은민이로부터 50만 원을 매달 받는 그런 수준이었다. 은민이는 소이에게 많을 걸 해줄 수는 없었다. 가상화폐론 앱을 깔기만 하였기 때문에 은민이는 과거의 동네에서는 소이가 아는 메가시티의 지분을 살 수가 있었던 것이었다. 로봇들은 성서공단에서 지어졌다. 그곳은 과거의 동네였다. 로봇들의 과거의 동네가 지어지자 동물 로봇들은 인간 로봇에 의해 지배받았다.

대구는 현실의 동네였다. 그건 대구가 현실이 되어야만 하였다. 은민이는 현실의 동네에 놀러 갈 수 있었다. 현실에서도 대구는 첨단도시임이 분명했다. 대구는 1차원의 도시였다. 그리고 은민이에게 보이는 도시였다. 현실의 동네는 자연을 말하였다. 그리고 자연을 아는 것이 현실이었다. 2차원은 과거를 모르는 듯하였다. 그리고 그곳이 메가시티였다. 그런데 인간이 동물 로봇과 전쟁에서 승리하고 과거의 동네인 3차원의 세계도 만들어 준 것이었다. 동물들은 아영이를 알았다. 아영이는 이 시대에 매우 소중한 사람이었다. 그리고 과거의 동네와 현실의 동네의 중심지인 신음동에 살았다. 그 냇가를 지나 과거의 동네인 곳에서 은민이가 살고 있었던 것이었다. 그러니까 은민이는 과거의 사람이었다. 은이가 메가시티에 산다는 건 현실을 중요시하는 첨단시대를 알아야 하기 때문이었다. 그러니까 뒷바라지는 은이가 하는 것이 원칙으로 삼았다. 남자인 은민이가 은이 씨에게도 당연하듯 은이는 여자이기 때문이었다.

추운 날이다. 은민이는 방 안에서 보일러를 돌리고 있었다. 이 계절을 이겨내는 것이 은민이에게는 더욱더 필요했다. 은민이는 책들만 보고 있었다. 그리고 『아무것도 아니라고 잘라 말하기』란 임솔아 님의 소설집을 읽었다. 은민이가 베란다로 가기 전 버섯을 보고선 따다가 생으로도 먹어 보고 국을 하여서도 먹었다. 표고버섯을 센터 선생님에게 받아왔는데 다라이에 키워서 집에서 먹어 본 것이었다. 예전에는 콩나물도 키워서 먹었는데 식물을 키워다 먹는다는 것이 무슨 의미인지 깨달았다. 먹는 것이 소중한지 아니면 채식이라도 중요한지 여러 요소가 따름이 판단되었다.

은민이는 채식이라도 얼마나 먹을 것이 많다는 걸 알고 있었다. 다만 채식에서 무엇을 얻어야만 하는지만 눈여겨 새겨 볼 뿐이었다. 가게에 가선 라면과 순대를 사 먹는다. 그리고 중요한 것은 외식은 아무래도 이 세상에서 필요한 것 같았다. 은민이는 소이가 가족이었다. 그리고 혼인한 배우자였다. 딸자식을 산부인과에서 봤었는데 아무래도 은민이는 소이에게 간섭하지 않았다. 소이는 딸에 대한 얘기는 하지 않았다. 은민이도 딸이 보고 싶지만, 엄마인 소이에게 맡긴 것이었다. 그것이 소이에 대한 믿음이었다. 소이는 당분간 소식을 전하지 않았다. 무엇 때문인지는 은민이는 몰랐다. 그리고 은민이는 간섭하지 않았다. 소이가 멀리 간 것도 아니고 소식을 전혀 하지 않는 것은 아닌 것을 알고 있기 때문이었다. 은민이는 기도하였다. 이모가 아프기 때문이었다. 이모의 아픈 심정을 하루빨리 낫기를 은민이는 기도하였다. 은민이는 보고 싶은 자유가 있었다. 그것은 곧 행복이었다. 아영이도 보고 싶었다. 소이가 며칠째 연락이 없으면 보고 싶은 심정이 마음에서 생겨났다. 그리곤 잠을 많이 잤다.

현실의 동네

메가시티에서 소이는 집으로 곧장 향했다. 그리곤 샤워를 하였다. 하루가 저물어 가는 것 같았다. 소이는 책을 잠시 보았다. 그리곤 누웠다. 은민이에게서 전화가 왔다. 그러나 소이는 몇 번 전화 오는 것을 받지 않았다. 이모는 은민이가 전화를 받을 때 답변을 제대로 안 하는 은민이를 모른 척하며 전화를 끊었다. 그리고 하루 이틀 전화를 하지 않았다. 은민이는 신음동으로 가 보았다. 마트를 가기 전 사거리에서 가게를 가기 위해 가게를 둘러보았다. 동전노래방이 있었다. 은민이는 동전노래방으로 들어갔다. 2층의 동전노래방에서 드림스란 팝송을 첫 곡으로 불렀다. 그리고 팝송을 계속해서 불렀다. 아영이가 퇴원을 하는 듯하였다. 그리고 다시 일상생활로 돌아갔다. 현실의 동네 그영 씨가 이마트를 자주 오곤 하였다. 그리곤 현실의 동네인 상주로 갔다. 그영 씨는 현실의 동네에 살았다. 그리고 그곳에서 작은 식당을 운영하고 있었다. 오늘은 상추감자요스 튀김이 매상을

올렸다. 카레수프는 손님들이 좋아하는 음식이었다. 그리고 작은 밥을 운영하고 있었다. 내일은 단팥튀김볶음을 해볼까 싶었다. 그리고 밤이 되어 문을 닫았다. 그영이는 현실에서 사랑을 배웠다. 그리고 성경책을 부지런히 읽었다. 아침이 되어 그영이는 가게 문을 열었다. 바닥을 닦고 식탁을 닦았다. 잔 재료들을 정리하곤 오후가 되기를 기다렸다. 그리고 손님을 맞았다.

메가시티에선 소이가 은민이에게 며칠째 소식이 없었다. 그영 씨에게 은민이는 전화를 걸어보곤 자주 전화를 하였다. 은민이가 그영 씨하고 마트에 장을 보는 것을 따라가 보기로 하였다. 그영 씨는 마트에서 장을 많이 보는 듯하였다. 그리고 주변을 많이 돌아다녀 보는 듯하였다. 그리고 계산을 하곤 주차장으로 갔다. 마트에서 사온 물품들을 차에 실었다.

"은민 씨 자리가 좁아도 타보세요."

그영이는 은민이가 차에 타기를 기다렸다. 그리고 그영 씨도 차에 탔다. 운전을 그영 씨가 하였다. 그리고 상주로 향했다. 상주 시내로 가곤 은민이와 그영이가 식당으로 들어갔다. 은민이는 커피를 부탁하였다. 그영이가 캔 커피를 가져다주었다. 그리곤 주스를 주었다. 그영이가 전을 부치고 있었다. 그리고 전을 가져다 내어왔다.

"은민 씨 여기는 처음이죠."

그영이가 전을 먹기 좋도록 찢어 놓았다. 은민이는 커피를 마실 뿐이었다. 그영이가 전을 천천히 먹었다. 그리고 다 먹었다. 그리고 두붓국 밥상을 은민이에게 차려주었다. 은민이는 그제야 밥을 먹었다. 그리곤 은민이는 주방에 일을 좀 도왔다. 그영이는 서류를 보고 있었다. 밤이 되었다. 마쳐가는 시간이었다.

“은민 씨 오늘은 자고 가세요.”

“집에 가야죠. 집이 쓸쓸하면 안 되죠.”

“네 그러세요.”

그영 씨는 은민 씨를 바래다주기로 하였다. 그영 씨가 차에 시동을 걸었다. 그리고 옆좌석에 은민 씨를 태웠다.

“오늘은 저 때문에 고생이 많았어요. 일도 도와주시고.”

“당연한 거죠. 가게를 운영하니 힘드시겠어요.”

“아뇨. 생계 수단이죠. 그런 은민 씨는 좋은 소식이 없어요.”

“좋은 소식 그저 그렇습니다. 하루가 똑같고 사는 게 똑같고.”

“은민 씨 우리 좀 진지해 볼까요.”

“…….”

“저 아직 결혼 못 했어요.”

“알아요.”

“흐흐 그냥 해보는 말이었어요. 어제 소이 씨에게 전화가 왔더라고요. 그영 씨는 결혼을 안 하느냐고. 전 사랑하는 사람이 따로 있어요. 결혼이 중요한 게 아니에요. 아마 은민 씨에게 좋은 소식이 올 거예요. 너무 안이한 생각은 버리세요. 언젠가는 좋은 날이 오는 것도 인생이 아닐까요.”

“네 그래야죠.”

은민이와 그영이는 상주에서 김천으로 오는 동안 대화를 하곤 재미있게 과거의 동네로 오고 있었다. 그리곤 그영 씨는 집까지 바래다주었다. 그영 씨는 아영이가 무엇을 하는지 알고 있었다. 어디 살며 무엇을 하는지.

그영 씨는 은민 씨를 바래다주곤 현실의 동네인 상주로 다시 갔다. 은민이는 집에서 베란다로 가며 담배를 피웠다. 소이는 소식이 없었다.

그영 씨는 두 마리의 토끼와 두 마리의 강아지와 두 마리의 닭을 키우고 있었다. 이들은 새끼를 낳지 않았다. 그리고 마당에서 길러지고 있었다. 이들은 두부를 음식으로 좋아하였다. 그영 씨는 콩을 사다가 두부를 만들며 이들에게 해주었다. 치즈를 만들어 주었으며 상추나 전을 하다가 주기도 하였다. 감자를 볶아 강아지들에게 주었으며 튀김 음식으로도 주었다. 그영 씨가 좋아하는 음식은 라면이었다. 그리고 감자스넥이었다. 콩으로 된 음식도 좋아했고 채식도 좋아하였다. 그영 씨는 민숙이 언니와 과거의 동네인 공원에 가 보기로 하였다. 벤치공원에 앉으며 이야기를 나누었다.

"언니 우리 가게 언니가 인수하는 게 어때요. 동업하면서."

"……."

"언니 가게가 좀 되는 것 같아요. 언니가 온다면 회사 다니는 거보다 나을 거예요. 언니도 상주에 사니 부담되시지는 않을 거예요."

"……."

"제가 차 한 대를 더 구입했어요. 언니가 면허증이 있으니 이참에 언니에게 선물로 주는 게 어떨까 해서요."

"……."

"언니 받아줄 거죠."

"……."

"언니 생각해 보세요. 우리는 현실의 동네에 살며 제대로 된 삶을 누리지 못했어요. 언니나 나나 결혼이 뭔지도 모르고 살았어요. 저희 가게에 오면 많은 도움이 될 거예요. 날은 참 좋아요. 겨울인데도. 추

위가 다 간 것 같아요. 오늘 저녁에 전화하면 어떨까 해요. 언니는 참 행복하게 살아야 해요."

그영이는 언니에게 자기네 가게로 오기를 바랐다. 그리고 저녁에 전화를 걸었다.

"언니 내일 시내에서 만나는 건 어떨까요. 짜장면 맛있게 하는 데가 있더라구요. 그럼 내일 언니 집에 들를게요. 내일 봐요."

그영이는 전화를 마쳤다. 그리고 차가 있는 차고에 가 보았다. 흰색에 승용차였다. 언니가 좋아할 것 같았다. 키를 만져보며 내일이 오기를 기다렸다. 아침에 그영이는 민숙이 언니를 마중하러 나갔다. 언니가 집 앞에서 기다리고 있었다. 그영이는 차에서 내렸다. 그리곤 언니에게 열쇠를 주며.

"언니에게 줄 차예요. 마음에 드실는지."

"아무려면 어때."

"차 열쇠로 시동을 걸어 보세요. 마음에 드실 거예요."

민숙이 언니는 좌석에 앉으며 시동을 걸었다. 드르르릉. 시동이 걸렸다.

"차가 시동이 잘 걸리네. 그리고 안이 깨끗하니 참 좋아."

"언니 우리 과거의 동네로 여행 갈까요."

"그래."

"좋아요. 언니."

민숙이 언니와 그영이는 차를 타고 과거의 동네로 오고 있었다. 창밖으로 마을들과 산들이 조금씩 지나가고 있었다. 차도를 오면서 민숙이 언니는 서행운전을 하였다. 그리고 신음동에서 내렸다. 그리고 차에서 내려 카페에 들어갔다.

"언니 운전을 잘하네요."

"응 차를 갖고 싶었는데. 기분이 묘하네."

언니는 차를 마시며 찻잔을 바라보았다.

"언니 60:40으로 가게를 운영하면 될 것 같아요."

"언니가 40을 가져가고 제가 60을 가져가는 게."

"그래. 이왕 하는 김에 열심히는 해 봐야지."

"동업을 하는 거라 부사장님 하는 게 어떨까 싶은데."

"응 좋긴 한데."

"일단 카운터 일은 언니가 맡아 주세요. 매상이나 재고나 물품들을 관리해 주세요. 전 일단 사무처리 일을 끝내놓고 언니와 같이하는 걸로 할게요."

"그래."

"그럼, 가게로 갈까요."

"그러지 뭐."

민숙이 언니와 그영이는 카페를 나왔다. 그리고 현실의 동네로 향했다. 은민이는 하루하루를 집에서 책을 보면서 지내고 있었다. 이모의 전화가 가끔 왔다. 그리고 병실 생활을 잘하고 있다고 하였다. 은민이는 대구에 자주 갔다. 그리고 동전노래방에 자주 갔다. 소이는 연락하지 않았다. 은민이는 은이와 자주 통화를 하였다. 그리고 그곳에 은이가 로봇을 돌보고 있었다. 인간 로봇은 동물 로봇들을 관리하였다. 동물 로봇은 예전과 다르게 자연적인 생활을 하였다. 누구의 간섭을 받지 않으며 인간 로봇 관리하에 생활하였다. 로봇의 야성적인 생활이라고 하여야 할지 몰랐다.

인간 로봇도 로봇의 생활을 알 듯 그렇게 시티의 적응이라는 것을 알아갔다. 은이는 인간 로봇과 동물 로봇들의 안전과 편리를 제공해 주었다. 공장에서 만들어진 로봇들은 예전과 다르게 생식이라는 것이 존재하지 않았다. 어쩌면 그것이 당연하다는 것처럼 되어버렸다. 동물 로봇들의 놀이공간에서 동물 로봇들은 거의 하루를 보냈다. 쉴 곳도 있었고 약간의 장난이란 끼도 있었다. 그러므로 귀여워 보이는지도 몰랐다. 차츰 공간의 시티는 자연적으로 변해갔다. 자라나는 열매나 채소잎도 자연으로 돌아갔다. 전기의 자연적인 것은 모두의 로봇을 소생하게 만들었다. 인간과의 관계는 멀어지는 듯하였다. 하나의 세상일 듯 그렇게 되어 버리는 것인지도 몰랐다.

인간은 외계의 생물체를 발견한 듯하였다. 지구와 약간 다른 모습을 하고 있었지만 역시 지능은 개체에 의존하였다. 인간과 같은 과학이 있었으며 생물체를 지배하였다. 인간은 이들이 어떻게 생존하게 되었는지 주시하고 있었다. 아마도 이들은 진화의 과정을 거쳐 지구와 같은 생명을 존재하게 한 듯하였다. 인간은 이들과 전쟁을 할 것인지 타협을 할 것인지 별을 떠나줄 것인지 의논하고 있었다. 그러나 이들은 전쟁은 원치 않은 것 같았다. 그리고 인간의 기술력과 그들의 기술력을 안보적으로 보는 듯하였다. 인간의 무리의 과학적인 관리자와 이들의 관리자들의 협상에 들어가기로 하였다. 인간은 이들을 대면해 보는 것이었다. 이들은 하나가 뛰어났다. 지구의 인공지능만큼 뛰어난 뇌를 가지고 있었다. 인간은 이들의 언어를 파악하였다.

알아듣지는 못하는 듯하였다. 이들의 의사소통은 컴퓨터에 의지하고 있었다. 중요한 건 이들도 별의 세계에 대해서 인간을 외계인으로 보는 것이었다. 인간은 방법을 달리하였다. 이들을 감시하기로. 그리고 이들의 자유적인 것을 존중해 주기로 하였다. 인간의 언어는

비언어도 파악하는 단계까지 알고 있었다. 인간은 이들의 언어를 사용하지 않았다. 그리고 무슨 법을 원하는지를 파악했다. 그리고 이 별을 떠나 주었다. 후로는 이들도 우주를 삼키는 쪽을 택한다면 스스로 멸망할 것이기 때문이었다.

인간은 이들과 더 많은 외계인을 접할지는 모를 것이었다. 인간은 애초부터 컴퓨터의 뛰어난 기술력보다 단순한 진리가 이들보다 뛰어나다는 것을 알고 있었기 때문에 인간이 있는 한 우주가 존재하듯 그렇게 우주를 보는 것이었다. 그것이 별들의 승리였다. 그리고 생존하는 외계인과 협상하며 끝없이 이타의 세계를 인간이 존중해 주고 우주를 통치하고 통치권을 다시 우주권에 돌려주는 것이었다. 그것은 아픔이 사라질 때까지였다. 이들이 우주의 통치권을 가져오면 인간은 아마도 별의 정치를 펼칠 것이었다. 그리고 그들이 간섭하는 생물들의 권위를 합법적으로 해줄 것이었다. 존중하는 세계로부터.

이들이 관리하는 과학권은 인간들이 보고 있었다. 인간은 이 우주의 과학권의 세계가 목표가 아니었다. 과거가 있고 미래가 있는 현실에서 당연하듯 영원히 살아가는 법칙을 인간은 이 우주의 목표로 삼았다. 그리고 이들의 간섭권을 모두 해방시켜 주는 것이었다. 인간은 이들과 약간의 전쟁도 해주었으며 통역권을 약간은 양보해 주었다. 그들이 관리하도록 인간은 이 우주의 진리를 내버려두기로 하였던 것이었다. 그것이 인간의 승리였다. 이다의 법칙을 알도록 해주는 것이었다.

전문적인 이다는 언젠가 하늘에서 패배하기 때문이었다. 인간은 이들의 과학적인 컴퓨터보다 생물인 외계인을 더 사랑하는 것이었다. 전쟁에서는 이 모든 세계를 그치게 하는 것이었다. 그러니까 인간은 잘 알기 때문이었다. 통치에 대한 외계의 세계와 그리고 로봇들의 삶의 방식들에 대해서 그렇게 하여야만이 이권의 세계를 가져오는 것이었다.

동물들은 죽으면 천국에 갔다. 이승에서는 무덤가가 있었다. 25층이 10칸씩이나 되어있는 무덤이 과거의 동네에 있었다. 그리고 동물들은 이승에서 다하면 이곳인 동물의 무덤에 갔었다. 그리고 산자락에는 천국이었다.

무덤에는 육체를 썩게 하는 테이프가 있었고 그 육신의 주위의 공간에는 공간적인 것과 스마트로 된 물건이 있었다. 이 물건은 반도체에서 만들었지만 다시는 이 고체의 물건을 나무들의 퇴비로 쓴 것이었다. 질소적인 공간에서 질소 충전 고체는 이들을 집으로 만들어 주기 위해서 1칸이 자기의 집이었다. 그리고 아주 가까이는 메가시티로 지어졌다. 그곳이 아마 김천이란 도시가 아니었을까?

이모의 뒷산에 강이가 흙 속에 묻혔듯이 이들의 흙이 육신을 말해줬고 영원이 쉴 수 있는 공간을 제공해 주었다. 그리고 제일 중요한 것은 소설책이었다. 아직은 영원이 책장을 넘길 수 없으니 스마트가 전자의 책을 5분마다 한 장씩 넘겨 주었다. 영원인 듯 그 무엇을 읽도록 해주었던 것이었다. 먼 훗날엔 소설책 한 권이 이들을 다 말해주었다. 무덤가에서. 밤으로는 스마트를 켜주고 낮에는 스마트를 꺼주었다. 그렇게 천국에서 다들 행복하였다. 이처럼 사랑하는 세상에서….

민숙 씨가 과거의 동네에 놀러 왔다. 마트를 들르고선 은민이와 마주쳤다.

"오랜만이네요."

민숙 씨가 먼저 인사를 하였다.

"안녕하십니까?"

은민이도 인사를 하였다.

"결혼한다더니만 잘 지내고 있어요."

"네 배우자는 지금 메가시티에 있어요."

"메가시티 들어봤어요. 그리고 그곳은 대구에 있는 거죠."

"모르겠습니다. 전 대구에만 가고 대구만 아니…"

"그래요. 은민 씨 언제 한번 현실의 동네 한번 들르세요."

"그러죠. 아~ 전 신음동에 가봐야 하겠습니다."

"누굴 만나려구요."

"아니 병원에 볼일이 있었어요."

"네~ 그럼 다음에 뵐게요."

민숙 씨는 무거운 짐을 들고선 마트 주차장으로 갔다. 그리고 마트 길을 나오고선 현실의 동네로 갔다. 가기 전 쪽지를 주었었는데 은민이는 무언가를 유심히 보았다. 전화번호와 가게 상호이름이었다. 은민이는 그영 씨의 가게인지를 알고선 지갑에 넣어 두었다. 은민이는 집으로 향했다. 이 세상에서 누구를 제일 사랑하는지 맞혀보라고 이모에게 물었다. 이모는 맞는 말을 하는 것 같아서 답변이야 중요하지 않았다.

"그야 마누라를 제일 사랑하겠지."

이모가 말하였다. 은민이는 머쓱한 척을 하며 아니다 고만하였다. 이모는 은민이가 낮잠을 자는 것을 알고선 아침이나 오후쯤에 전화를 주고는 하였다. 우주 전쟁 이후로 이모가 은민이에게 자주 전화를 하지 않고선 하였다. 며칠이 지나고 몇 주가 지나자 이모는 전화하였다. 그리고 이모는 아픔에서 헤어난 듯하였다. 은민이는 베란다에서 잠이 드는 시간이 많아졌다. 그리고 베란다에서 잠을 잤다. 왠지 노곤한 심정이 많은 것 같았다. 곤고한 마음이 은민이를 달랬다. 몬스테라는 물을 주었을 때 조심스러웠는지 은민이가 약간의 물의 양을 빼 버렸다. 그리고 밤으로 전등불을 켜두는 시간이 많아졌다. 초조한 시간의 세계란 '잘 자라 우리 아가' 노래를 불러 주듯 밤에 잠자야 하는 시간이었다. 은민이는 눈꺼풀을 욕실에서 씻어대며 새벽에 잠이 들었다. 정적한 새벽은 시계 소리가 방 안을 은은하게 하였다. 방 안에의 전등불은 꺼졌다. 겨울이라 새벽의 밤은 긴긴밤의 시간인 듯하였다.

안드로메다

안드로메다에서 우리의 은하로 향하고 오고 있었다. 40억 년이 되면 우리의 은하와 충돌한다는 예상을 과학계에서 말하고 있었다. 안드로메다에는 중심이 되는 항성의 별이 있었다. 이 항성은 안드로메다에 중심이자 지도자의 역할을 하는 것이었다. 그리고 과거의 동네에서 이 별을 탐지하였다. 더 이상 우리의 은하를 향하여 돌진하지 못하도록 별의 공간 위치를 정하였다. 그래서 아무리 22만 광년이 되어도 별에 대한 답신은 우주에서 찾을 수 있는 것이었다.

우주의 그 흔한 전자의 공간이동을 탐지할 수 있었던 것이었다. 신음동의 연주 선생님께서는 전자의 무안한 힘과 그 흔한 원자를 이용하여 별의 탐사 방지를 하였다. 안드로메다는 이것만은 알아야 했다. 그 흔한 별의 동의 같은 규칙을…. 우주의 상대성이론이 빠르냐 과거의 동네가 빠르냐였다. 수도 없는 별들은 흔적을 남기는 것을 좋아하였다.

연주 선생님은 역이론으로 전자의 에너지이론이나 원자의 흔한 공간운동으로 이 안드로메다의 은하를 존중하기로 하였다. 그러므로 연주 선생님은 우주의 아니한 별의 탐지를 보아주었던 것이었다. 그리고 우주의 앱을 깔기란 스마트처럼 어려운 일도 아니었다. 그래서 지구는 원초의 별이 되어야만 하였다. 중심의 세계에서 중심을 탐지한다는 것은 어찌 보면 별들의 진리 같은 것을 말해줄 수도 있다는 것을 말해주는 것이었다. 누군가에게 남에게 주었다는 것은 보이는 것이었다. 그러므로 무엇을 주었느냐에 따라 하늘은 이치에 의하는 것이었다. 답신에게는 전해졌다. 그들의 방식에 따라 존중해 주기를 하늘은 인도해 주실 것이었다. 우주의 주파수가 있었다. 우주의 주파수를 찾기란 어려워 보이진 않았다. 인간은 이들의 주파수를 존중해 주기로 하였다. 그리고 그들에게 들렸다. 주파수로부터. 하늘은 순탄적인 것을 원하여야만 하였다. 그리고 블랙홀 같은 우주의 순탄적인 것을⋯.

하늘은 유전자의 길을 정해 줄 수도 있었고 서열의 길을 정해 줄 수도 있었다. 어찌 보면 만물을 서열에 의존하는지도 몰랐다. 하지만 하나님은 법을 달리하셨다. 이다의 법칙으로 삶을 주는 것이었다. 은하 이모가 병원에서 퇴원하려고 하는 것 같았다. 은민이는 이모의 전화를 받고선 잘 생각해 보라는 답변을 해주었다. 그리고 면담을 이모는 하기로 하였다. 그리곤 답변을 주기로 하였다. 은민이는 베란다로 갔다. 담배를 피우며 몬스테라에 물을 주었다. 여기가 과거의 동네이듯 몬스테라는 아는 듯하였다. 몬스테라는 어디에서 왔으며 어디서부터 생명을 가졌을 것이었다. 그리고 은민이가 몬스테라에 존중해주듯 키워 주는 것이었다. 아련한 자리는 마련해 주는 것이었다. 따뜻하게 보듬어줄 수 있는 품으로부터 그렇게 연주로 하늘은 되어 있는 것이었다.

연주 선생님께서 전자 하나하나의 이름을 지어주기로 하였다. 공평한 이 세상에 우주의 흔한 전자의 이름을 문장으로 적어 주었던 것이었다. 우주의 전자는 수도 없이 많았다. 그리고 보배였다. 전자의 활동성을 아름답게 해주셨으며 원자인 모 도 이름을 하나하나 지어주셨다. 단 다섯 자의 글로 대우주의 전자를 지어주시고 헤아려 주실 수 있을까? 물론 문장으로 대우주를 먼저 짓곤 www란 인터넷 주소로 공간의 먼지보다 작은 무리들의 이름을 지어주셨다. 공통적인 부분과 분류라는 세계를 인정하고 숫자가 아닌 이름으로 지어주셨다. 그러니까 우주와 은하 그러면 다섯 글자지만 문장으로 너의 이름은 이편한세상이다라고 하고 이의 세계를 공통점으로 보아주신 것이었다. 세월이 지나듯 버릇이 있기 때문에 나이까지 셀 수가 있었다. 언제부터이며 얼마큼의 숙달인지의 만큼으로 연주 선생님은 전자의 이름을 지어주셨다. 전자의 보배처럼.

김민선 선생님께 보낸 문자(카톡)

선생님 우주에선 민족이 필요할 것입니다.
대를 잇는 그렇게 하나님의 민족이 있어야
할 것입니다. 있는 모습. 그리고 끝없는 우주
속에 지으심을 받아야 할 것입니다.

소이는 연락이 없었다. 아마도 메가시티에서 잘 지내는 모양이었다. 은민이가 소이에게 전화할까 하다가 내버려 두었다. 소이는 소진이에게 자주 놀러 가는 듯하였다. 그리고 소진이의 일을 돕는 듯하였다. 소진이는 대구 메가시티 빌딩을 관리하고 있었다. 그리고 부동산에 대한 지분을 관리하였다. 소진이는 소이와 대구의 반월당 지하 쉼터로 갔다. 그리고 음료를 하나 뽑아다 주었다. 소이의 배가 약간 불룩하였다. 소진이는 알고 있었다. 수이에 대해서. 소진이가 소이의 배를 쓰다듬으며

"어머. 아기를 가진 듯하네요. 소이 씨 소이 씨의 수 모습이 보일 듯 해요. 수이가 곧 태어날 거예요. 소이 씨 저를 기억해 주시길 바랄게요."

소진이는 지하도에서 책 한 권을 구입해 소이에게 건네주었다. 그리고 소진이는 방에서 기르는 수에게 물을 주었다. 수선화는 싹이 나 있었다.

은민이는 집에서 팔베개를 하며 생각하고 있었다. 민숙 씨가 생각이 났다. 그래서 전화를 걸어 보기로 하였다.

"민숙 씨 은민입니다. 저를 잠깐 만나실 수 있는지요. 카페에서 커피나 한잔하는 게 어떨까? 하고 전화했습니다."

"네 그럼 신음동 카페에서 만나기로 하는 게 어떠실지."

"네. 그럼 오전 11시쯤 카페 입구에서 기다리겠습니다."

"네. 그럼 내일 11시까지 카페로 가겠습니다."

"그럼 오실 때 도시락도 하나 부탁하겠습니다."

"그러죠."

민숙 씨가 은민이를 만나기로 하고 전화를 마쳤다. 은민이는 소이의 사진을 보고 있었다. 그리곤 쓴웃음을 지어주었다.

"민숙 씨 제가 쓴 소설입니다."

은민이는 민숙 씨에게 책 한 권을 건넸다. 그리곤 민숙 씨는 책을 훑어보기 시작했다.

"잘 읽을게요. 그래요. 소이로부터 연락은 없었나요."

"네. 무엇을 하는지 연락이 없습니다."

은민이는 도시락을 먹고 있었다. 그리고 그영 씨 가게에 대해 얘기하였다. 그영 씨는 가게의 주방에서 일하는 듯하였다. 채식의 요리들로 음식을 만드는 것이었다. 향신료가 들어간 음식으로…. 그리고 수입이 괜찮은 듯하였다. 민숙 씨가 가게를 인수할 듯하였다. 민숙 씨 말로는 그영 씨가 애초에 민숙이 언니 가게를 하나 차려주려고 하였던 것 같았다. 그리고 민숙 씨는 주방일을 배우며 가게의 운영에 대해서 배웠다. 민숙 씨는 은민 씨가 가게를 좀 도와줄 것을 말하곤 가게에 한 번 오셔라 말을 하였다. 그리곤 은민이는 그영 씨의 가게에 일을 하게 되었다.

은민이는 마당에 동물들을 관리해 주었다. 그리곤 채소를 씻고 다듬었다. 카운터를 봐주었으며 직원의 월급을 관리해 주었다. 은민이는 신음동에서 민숙 씨가 타고 온 차로 출근을 했으며 직원들의 배식을 챙겨 주었다. 어느 날 그영 씨는 민숙 씨에게 가게를 인수해 주었다. 민숙 씨는 가게 운영에 들어갔다. 그리곤 그영 씨는 가게의 직원으로 일을 하였다. 그영 씨가 은민 씨를 신음동에서 태워 오며 출퇴근시켜 주었다. 그영 씨는 은민 씨가 좋았던 모양이었다. 치근대는 것이 늘어만 갔다. 그리곤 그영 씨는 마당에 자주 갔다. 은민이하고. 동물들을 돌보아 주며 마당에 밭들도 관리하였다. 그리고 그와 함께 하는 시간이 많아져 갔다.

민숙 씨는 주방과 홀을 관리하며 매출에 관한 것을 직접 관리하였다. 그리고 가게를 운영하였다. 그영 씨와 은민 씨가 자주 어울려 다니는 것을 간섭하지 않았으며 어느 날 그영 씨는 민숙 씨에게 모든 걸 맡기고 신음동으로 이사 갔다. 은민이가 민숙 씨가 타고 다니는 차로 출퇴근을 하며 은민이가 주방일을 맡았다. 주방에서의 모든 재료를 관리했으며 재고도 파악하였다. 짜장면, 김밥, 우동이 많이 팔렸다. 배추튀김, 상추튀김, 무튀김, 버섯튀김 등 손님들이 자주 찾았다. 볶음은 감자볶음, 치즈볶음, 두부볶음 등이 있었다. 그리고 수프, 발효음료, 모든 전과 음료를 팔았다. 가게에선 술은 팔지 않았다. 식사 겸 찾는 분이 있었고 간식용으로 찾는 분이 많았다. 그러나 이곳은 정식음식점이며 쉼터를 제공하는 공간이었다. 은민이는 배추를 4등분으로 썰며 빵가루를 입힌 향신료 배추튀김전을 주로 간식으로 먹었다. 발효음료도 여러 가지였다. 요플레를 먹으며 은민이는 사이다와 치즈를 곁들어 먹었다. 내일은 새 메뉴로 미역튀김전을 할까 하였다. 은민이는 그러곤 집에서 소설을 쓰기로 하였다. 몬스테라에 대해서….

집에서 기르는 몬스테라는 벌써 수년째 길러지고 있었다. 그런 세월만큼 몬스테라도 주름이 지는 것이었다. 은민이와 함께….

몇 개월이 지났다. 그영 씨의 아기 소식이 전해졌다. 그영 씨는 아영 씨와 함께 있으면서 아기를 낳았다. 아기는 그영 씨가 사랑하는 아기의 모습이었다. 그영 씨는 행복하였다. 아영이와 아기를 키우면서 그영 씨는 엄마의 일기를 썼다. 아영이는 그영 씨의 딸을 귀여워하여 주었으며 그영이와 행복하게 살았다. 은민이는 오늘도 몬스테라의 식물과 함께 있었다. 소이는 은민이에게 전화하였다.

“은민아 뭐 해.”

소이가 말을 하곤 은이 선생님에 대해서 물었다.

“은민아 은이 선생님 사랑해.”

소이는 답변을 기다렸다.

“소이야 은이 씨는 친구일 뿐이야.”

“그래. 은민이의 미래는 있는 거야.”

소이가 차분하게 말하였다.

“당연히 미래는 오는 것이잖아. 그런데 그건 왜 물어.”

“아니야. 은민이는 미래의 소중한 사람이야. 나에게도 그 누구에게도. 앞으로도 사랑을 받으며 살기를 기도할게”

“그래. 소이야…”

“왜.”

“아니야. 다음에 봐.”

은민이와 소이는 전화를 마쳤다. 수이가 잠시 은민이의 집에 들렀다. 그리곤 몬스테라의 잎을 살짝 건드렸다. 그리고선 수이는 메가시티로 갔다. 소이는 잠들어 있었다.

선물

    하늘은 맑았다. 흐린 날씨가 지나가고 포근한 날씨가 은민의 마음에 비췄다. 봄 날씨인 듯하였다. 산책을 나갈 때면 햇빛 사이로 비추는 그림자가 산들하게 하였다. 은민이는 대구의 전문서점에 들렀다. 그리곤 책을 한참이나 둘러보았다. 여러 책을 구경하면서 은민이는 웃었다. 많은 책이 은민의 마음을 설레게 했는데 고작 장편소설 두 편을 고르곤 계산을 하였다. 그리곤 전문서점을 나왔다. 많은 사람 속에 은민이는 아직도 웃고만 있었다. 마스크를 하고 있어 사람들과의 눈웃음 짓는 듯한 것이 마음 설렜다. 은민이가 대구 중앙로를 걸었다. 그리곤 대구역으로 갔다. 대구는 봄을 기다리듯 사람들의 분위기를 흥겹게 하였다. 대구의 높은 아파트가 지어지는 것 같았다. 완공하지는 않았지만 40층이 넘을 것 같았다. 역 앞 대우빌딩이 수십 년이나 그 자리를 지키고 있었다. 지나가는 차들의 발길은 거리를 거닌다는 것이 분주하기만 하였다.

『나나』란 책과 『나인』이라는 책을 샀다. 장편소설이 많은 대구서점에서, 은민이는 『나나』의 책을 보고선 덮어 두었다. 그리곤 계산대로 갔다.

아침이 되어 은민이는 연주의 동네의 선이 씨에게 우체국 택배로 소설책을 부치기로 하였다. 선이 씨가 좋아할 거로 생각하며 주소를 적어나갔다. 선이 씨는 책을 좋아하였다. 특히나 동화소설을 좋아하였다. 은민이는 동네서점에서 선이 씨가 좋아할 책을 여러 권 더 샀다. 은민이는 집으로 오는 중 책들의 마음을 쓸었다. 작가들이 나아가야 할 방향을 알고 싶었다. 책은 읽어야만 하는 것이었다. 그리고 보아야만 하는 것이었다. 소설을 쓴다는 것은 누군가를 위하여 안식을 주는 것이었다. 그런 선이 씨는 소설 속에 의도하는 바는 클 것이었다. 선이 씨도 어느덧 나이가 있었다. 그런 연주의 동네에서 의미 있는 하루하루가 되어야 할 것 같았다. 선이 씨는 작가였다. 그리고 소설을 썼다. 은민이는 집에서 보내는 날이 많았지만, 현실의 동네에서 민숙 씨의 가게 일을 돕고 있었다. 운민이는 하루에 10시간을 일을 하였다. 오후에 출근하였다. 그리고 밤 10시쯤에 퇴근을 하였다. 민숙 씨가 출퇴근시켜 주었다. 은민이는 당분간 이 일을 계속하기로 하였다.

소이는 몇 달 동안 소식이 없고 은민이가 부쳐주는 돈으로 생계를 유지하는 듯하였다. 아영이는 공원 벤치에 자주 와 있었다. 그리고 그영 씨도 자주 오는 듯하였다. 산책을 나오기도 하였고 아기를 안은 그영 씨가 아기를 보살핀다고 한창이었다. 아영이가 도시락을 마련한 자리에서 그영 씨와 도시락을 먹었다. 쉬는 날 은민이는 먼 곳에서 캔 커피를 마시고 있었다. 그리고 보고 있었다. 얘기를 나누는 모습에 은민이는 자리를 떠나 주었다. 밤 공원길에 은민이는 공원에 다시 들렀다. 가로등만이 불빛을 밝히고 있었다. 그영 씨와 아영 씨는 보이지 않았다. 은민이는 쓴맛을 본 듯하였다. 사색하다 은민이는 집으로 향하였다. 집에는 사람의 온기가 없는 듯하였다. 은민이는 베란다에서 담배를 피우며 낮에 보았던 일을 지울 수가 없었다. 은민이는 방으로 와서 『책들의 부엌』이란 책을 읽었다. 그것 말고도 책은 여러 권 있었다. 은민이는 스마트캡에 있는 소이의 사진을 보았다. 소이가 사진 속에 왜 웃고 있는지 궁금해져 갔다. 은민이는 소이의 소식이 궁금해져 갔다. 전화를 기다리는 날이 많아졌다. 그런 소이는 연락하지 않았다.

은민이는 작은방에서 선풍기를 가지고 왔다. 그리고 코드 선을 꽂고 선풍기를 2단으로 틀었다. 오늘은 왠지 날이 더웠다. 선풍기 바람이 은민이를 시원하게 하였다. 저금통에 동전들을 세어보았다. 근래에 100원짜리만 모아 왔다. 슈퍼에선 캔 커피값이 100원이 올라 있었던 것이었다. 그래서 잔돈을 받아서 100원이라는 돈을 모아온 것이었다. 동전을 쓸었다. 마음의 동전을 쓸었다. 은민이는 내일이 오기를 기다렸다. 돌아가는 선풍기를 꺼 버렸다. 선풍기는 돌아가다 조용해졌다. 그리고 잠자리에 들었다.

은민이는 주방에서 채소를 다듬고 있었다. 민숙 씨가 어제 별일이 없었느냐며 물어왔다. 은민이는 채소를 다듬다 별일이 없었다며 웃었다. 양파를 까고 있었다. 눈에서 눈물이 흐르는 듯하였다. 민숙 씨가 말하였다.

"우세요."

"아니 매워서요."

"그러게요. 천천히 하세요."

민숙 씨는 채소를 찬찬히 썰었다. 그리고선 기름양을 조절하며 튀김기에다 부었다. 온도를 약간 올리며 기름이 끓기 기다렸다. 그리고 밀가루 반죽이며 향신료 등을 준비해 놓았다. 기름이 다 끓어서 불을 끄며 은민이는 소스와 포장할 것들을 민숙 씨와 챙겼다. 그리고선 식탁을 닦으며 숟가락 등을 정리하였다. 조금 있자, 아르바이트생들이 출근하였다. 주방에 두 명과 홀에 세 명의 아가씨가 옷가지들을 갈아입고선 한쪽 테이블에 모였다. 그리고 간식을 먹었다. 오늘은 양파소스와 신메뉴로 가지고추튀김을 할 것이라 말해 주었다. 매출은 200만 원으로 잡았다고 하였다. 다들 열심히 해주기를 민숙 사장님이 말하였다. 직원들은 커피를 마시며 손님 맞을 준비를 하였다. 어느덧 손님이 한 분 오셨다. 주문하였다. 가지고추튀김이 먼저 메뉴에 올랐다. 그리고 카레소스와 카레수프가 스키다시로 나갔다. 손님이 한 분씩 오는 것 같았다. 짜장볶음과 호박양파튀김이 메뉴로 올라왔다. 야채스프가 스키다시로 나갔다. 그리고 오뎅국물이 나갔다. 손님은 한 분씩 오시는 것 같았다. 배추튀김이 나가고 무튀김도 나갔다. 우동국물이 나갔으며 스키다시로 간장소스와 와사비소스가 나갔다. 손님이 테이블을 그이 다 차지하였다.

은민이가 주방에서 설거지하였다. 민숙 씨는 카운터에서 계산하였다. 저녁 시간이 되었다. 이 시간이 제일 바빴다. 손님들은 가게를 가득 메웠다. 은민이는 주방에서 한참 설거지하였다. 주방일도 바빠 보였다. 그리고 설거지하는 사람을 민숙 씨가 아가씨 한 분을 붙여 주었다. 거의 저녁 10시까지 바빴다. 은민이는 설거지를 주방에 일하는 분에게 맡겼다. 그리고 은민이는 쉬는 시간을 맞이하여서 밖으로 가서 담배 한 개비를 피웠다. 10시가 넘어서야 직원들은 한시름을 놓았다. 민숙 씨가 오늘 매출이 300만 원이 나왔다고 하였다. 직원들은 테이블에 모여서 잠깐 간식을 먹으며 오늘의 이야기를 하였다. 그리고 수고하셨어요란 말을 잊지 않으셨다. 그리고 직원들은 퇴근하였다. 은민이가 과거의 동네로 가야만 하기 때문에 민숙 씨가 차를 태워줬다.

"은민 씨 소이에게 연락이 없었어요."

"네 바쁜가 봅니다."

민숙 씨는 은민 씨를 집까지 바래다주었다.

"은민 씨 직원들의 시급을 조금 올려 줄 거예요. 은민 씨도요. 고생이 많으셨어요."

민숙 씨는 은민 씨 집에 커피나 한잔을 마시고 갈까 하였다.

"은민 씨 커피 한잔 마시고 가도 될까요."

"네 그러세요."

민숙 씨는 은민이를 따라 원룸 2층으로 올라왔다. 은민이는 커피를 타고 있었다.

"그래요. 잠깐 쉬고 가는 건데 어때요. 그죠."

"물론이죠."

민숙 씨는 커피를 마셨다. 그리곤 말을 하였다.

"은민 씨…. 은민 씨 아영 씨를 아직 사랑하세요."

민숙 씨는 커피잔을 보며 얘기를 하였다.

"……"

"그래요. 저는 가 봐야겠어요."

민숙 씨는 나갈 채비를 하였다. 그리곤 나오지 않으셔도 된다고 하며 현관문으로 나갔다. 밖에는 비가 왔다. 은민이는 창밖으로 비를 바라보고 있었다. 은민이는 소이에게 전화를 걸었다. 소이는 전화를 받지 않았다. 다음날 은민이는 출근하기 위해 기다리고 있었다. 그러나 민숙 씨는 오지 않았다. 은민이가 민숙 씨에게 전화를 걸었다. 통화음이 가지 않았다. 민숙 씨의 전화기는 꺼져 있었던 것이었다.

며칠 후 그영 씨에게서 전화가 왔다.

"은민 씨 우리 좀 만날까요."

은민이는 뜻밖의 전화에 만나기로 하였다. 신음동 카페에서 만나기로 하였다. 은민이가 카페로 가자 그영 씨는 기다리고 있었다. 차를 마시고 있었다.

"은민 씨 소이에게 연락이 없었나요."

"······."

그영 씨도 말을 하지 않았다. 차는 다 마셔갔다. 그리곤 그영 씨는 한참 후에 말을 하였다.

"은민 씨 아영이 부탁드려요."

그리곤 그영 씨는 자리에서 일어났다. 은민이는 테이블에 앉아 있었다. 한참 후에 카운터에 계산하러 갔다. 계산은 그영 씨가 한 모양이었다. 아영이는 병원에 나가질 못했다. 병원에서 아무래도 회원님들에게 휴가를 낸 것인지도 몰랐기 때문이었다.

선이 씨에게 크리스마스 선물로 기타를 준 적이 있었다. 기타는 누군가에게 선물로 받은 것이었다. 김민선 선생님은 은민이에게 기타 음악을 듣고 싶어 하였다. 은민이는 김민선 선생님에게 기타 음악을 들려 주기로 하였다. 하지만 기타는 잘못 다루어 목이 부러지고 말았다. 그래서 김민선 선생님이 기타를 가져오곤 기타를 선물로 준 것이었다. 그런 기타를 은민이는 선이에게 크리스마스 선물로 주어 버렸다. 아끼는 것이었으나 선이 씨에겐 필요한 그 무엇이 되기를 바랐다. 그리곤 영양학책도 선물로 주었다. 선이 씨가 동화소설을 이모에게 써서 보낼 때 은민이는 선이 씨를 달리 보기로 한 것이었다. 선이 씨가 꼭 소설을 쓰기를 바랐다. 은민이는 은인이라는 단어가 선물의 한 부분을 차지하기를 바랐다. 소이 씨 또한 은민이가 아영 씨에게 받아온 반지를 혼인 반지로 주어 버렸다. 아영 씨는 은민이가 준 반지를 되돌려 주었을 때 은민이는 간직하고는 있었는데 아영 씨 생일날 은민이는 소이에게 준 것이었다. 아영 씨에게 돌려주었다는 말은 거짓말이었다. 그 반지는 은민이에게 소중한 반지였다. 그리고 오늘이 소이와 혼인한 지 1년째 되는 날이었다.

메가시티는 소이에게 행운을 가져다주는 시티인지도 몰랐다. 은민이는 과거의 동네에 살 때 소이에게 행운을 가져다주었는지도 몰랐다. 소이에게는 필요한 것들이 많았고 사랑이 필요한지도 몰랐다. 기억하는 것은 메가시티를 만들 수 있는 것이었다. 기억 속에 과거가 존재하였고 돌아오는 마음이 소중하였기 때문이었다. 세상에 소리는 사라지지 않는다. 그것은 모든 만물이 기억하기 때문이었다.

태초로 계신 말씀

태초에 소리는 연주로 되어 있었다. 음의 세계를 말해 주며 세상은 연주로 세상이 만들어졌다. 우주에는 흔히 끝이 없었다. 다가오는 미래만이 존재하였다. 세상은 천천히 미래를 향하여 가는 것이었다. 그렇게 미래로 향하여 가면 과거의 동네는 있는 것이었다. 현실에서는 과거와 미래의 동네를 연결해 주었다. 하나님은 창조주만으로 계셨다. 그리고 이다의 천국을 만드셨다. 그곳은 아무도 모르는 말씀으로 계신 것이었다. 인간은 법도에 따라야 하였다. 진리는 하늘에 머물렀다. 시간이 흘러도 변함이 없는 진리는 하늘의 세상을 이처럼 만들었다. 사람은 사랑을 하고서부터 세상에 진리를 알아가는 것이었다.

아영이는 과거의 진리를 말해 주는 것 같았다. 보고 싶은 사람이 되어 버렸기 때문이었다. 섬기는 마음이 중요하듯 은민이는 사랑으로 아영이를 섬기는 듯하였다. 그런 아영이는 은민이의 마음을 몰라

주는 듯하였다. 천국에서는 이다의 세계를 보여주었다. 그리고 영원의 세계를 말해 주었다. 영원은 영원일 때 영원이다였다. 그래서 천국은 영원이다였다. 계수하고 있는지도 몰랐다. 하나님은 말씀으로 계신 것이었다. 때로는 우편에 앉아 계셨다. 그리고 연주하였다. 세상이 돌아오는 사랑으로 머물도록 하나님은 사람을 기다리는 것이었다.

사랑에 눈을 뜨며 존중과 그렇게 삶을 대대로의 민족으로 가르쳐 주었던 것이었다. 하나님은 보이시지는 않으셨다. 그러나 사랑과 소리의 연주로의 세계로 머물러 주신 곳이었다. 그곳이라는 영원의 안식처와 이다의 법으로 하나님은 낮은 자의 편이 되어주었던 것이었다. 은민이는 강한 민족을 강민으로 강이와 민이란 소설을 지었다. 그리고 하늘은 민족으로 수없는 대를 이은 듯하였다. 하늘의 세계가 이었으면 이처럼 아름다운 세상이었다. 하나님께서는 과거에 머무르셨던 것 같았다. 그건 아마도 현실을 사랑해서였던 것 같았다. 현실이 그렇게 중요한 것은 말씀으로 계셔야 했기 때문이었다.

소이는 연락 안 한 지 오래되었다. 은민이가 소이가 잘 지내길 바랐다. 하루에 두 번 정도 오는 이모의 전화에 은민이는 하루하루를 보냈다. 은민이는 스마트폰에 앱을 보며 하루하루를 보냈다. 『달러구트 꿈 백화점』 소설만이 곁에서 위로해 주는 것 같았다. 그리고 은민이는 대구시티에 자주 가지 않았다. 은이도 은민이와 전화하지 않았다. 그리고 만나는 지도 오래되었다.

은민이는 베란다의 몬스테라가 곁에 있다는 것이 행복하였다. 그리고 마음의 선물을 주었다. 은민이는 여태껏 몬스테라의 마른 잎을 딸 때 모아 두었다. 그리고 A4 용지 박스에 몬스테라의 잎들이 있었다. 행복은 그 지수였다. 몬스테라야 그지. 행복한 날들이야….

대구시티에서 소진 씨가 은민이를 만나러 과거의 동네로 오고 있었다. 그리고 자주 오는 김밥천국가게에 가서 기다리고 있었다. 은민이는 시내에 나가다 김밥이나 먹으려는 찰나에 김밥천국가게에 들렀다. 뒷모습이 소이 같아 보였다.

"소이야 오랜만이야 한참 오랜만이야."

은민이가 소이인 줄 알고 좋아하였다. 소이가 대답하였다.

"이제 소이 씨를 만나지 말아주세요."

소진이가 말하였다.

"그게 왜."

"소이는 사랑하는 사람이 있어요."

"……."

소진이는 자리에서 일어났다. 그리고 말하였다.

"사랑이 무엇인지 아세요. 저도 사랑할 수 있나요."

"……."

"행운을 빌게요."

소진 씨가 행운의 열쇠를 주며 가 버렸다.

은민이가 김밥 한 줄을 시켜서 먹으며 소이를 생각하였다. 소진이가 준 열쇠는 아무래도 이상하였다. 은민이가 만지작거리며 열쇠를 열쇠꽂이에 함께 두었다. 은민이는 아무래도 질투가 났다. 소이를 만나지 말라니.

은민이는 바람을 쐬러 대구시티에 갔다. 그리고 반월당 쉼터에 들렀다. 쉼터를 두리번거리며 거닐었다.

"저를 만나러 오셨나요."

"……."

"따라오세요."

소진이는 자신의 방으로 갔다. 은민이는 소진이를 따라 방으로 들어갔다.

"저와 사랑을 하는 건 어때요."

소진이가 말하였다. 그리곤 뽀뽀하였다. 그리곤 사랑을 나누려 은민이를 안았다. 은민이는 소진이가 하는 대로 두었다. 그리고 한참 후 소진이는 옷을 입었다. 그리고 자기가 키우는 수선화를 봉지에 담아 은민이가 들고 가도록 주었다.

"하나를 기억하세요."

"……."

"누군가가 말해 줄 거예요."

"……."

"그리고 다시 만날 날을 기억할게요."

소진이는 은민이를 보냈다. 은민이는 수선화를 들고선 과거의 동네로 왔다. 수선화는 은민이의 밥상에서 길러졌다. 그리고 이름을 '수'라고 불렀다. 수는 싹이 자라있었다. 그리고 두 종류의 수선화였다. 은민이는 집에서 누워 자는 시간이 많아졌다. 그리고 책을 뜨문뜨문 읽었다. 소이의 전화는 오지 않았다. 은민이는 소이에게 얼마의 돈을 매달 부쳐주며 소이가 잘 지내길 바랐다. 은민이는 머리가 아팠다. 그래서 편의점으로 가서 타이레놀 두통약을 샀다. 그리고 한 알을 먹었다. 은민이는 산책을 나가 보기로 하였다. 아영이가 자주 오는 공원에 가 보기로 하였다. 은민이는 공원에서 아영이를 만날 수가 없었다. 소식이 궁금하였다. 은민이는 벤치에 앉았다. 그리고 졸았다. 고개를 숙인 채. 저만치서 아영이가 왔다. 눈을 뜨니 꿈이었다. 은민이는 집으로 향했다. 잊힌 계절을 생각해 보았다. 은민이 마음에는 잊힌 것이 있었다. 차츰 멀어지는 것에 대하여. 소이는 은민이와 마지막으로 헤어질 때 은민이에게 아영이의 반지를 돌려주었다. 소이가 왜 아영이 반지를 돌려주었을까? 혼인 반지로 준 것이었는데….

1년이 지났다.

소진이가 김밥천국가게에서 김밥을 시켜놓고 먹고 있었다. 은민이가 김밥을 먹을 찰나 가게에 들렀다. 은민이는 나기와 김밥을 먹고 있는 여인을 보고선 뒷자리에서 김밥 두 줄을 시켰다.

"소리야 엄마가 김밥을 먹여줄게. 김이 맛있죠. 밥도 맛있어요."

"아아아~"

"알았어요. 엄마가 우유를 줄게요."

소진이가 우유 젖병을 아기에게 가져다 입에 물려 주었다. 은민이가 김밥을 다 먹어갔다. 그러고선 김밥을 남긴 채 계산대로 갔다. 집으로 오고 있었다. 은민이는 현관문을 열쇠로 열었다. 그러고선 열쇠 하나를 열쇠고리에서 따내었다. 보따리를 보았다. 아영이의 반지와 열쇠를 같이 두었다. 은민이는 지갑에 소이의 사진을 보았다. 소이는 웃고 있었다. 베란다로 갔다. 물컵에 든 물을 몬스테라에 부어 주었다. 은은한 생각이 들었다. 은민이는 라이터로 담배에 불을 붙였다. 이모에게서 집 전화로 전화가 왔다.

"전화 안 받고 뭘 해."

"응."

이모가 잔소리하였다. 은민이는 이모의 전화를 끊곤 담배를 껐다.

세월의 향기가 묻어나는 것 같았다. 은민이는 소이의 사진을 찢어 버리고 말았다. 며칠이 지났다.

"은민아 오랜만이야."

소이가 전화하였다.

"어 웬일로."

"어 나 아이를 낳았어."

"그래. 이름이 뭐야."

"수이, 김수이야."

"그래 이름이 좋네."

은민이는 반응이 없었다. 그리고 말을 하였다.

"소이야 시간이 나면 우리 집에 좀 들러."

"알았어. 끊을게."

소이는 전화를 끊었다.

은민이는 스마트폰의 전화 종료를 눌러 껐다. 소이의 배경 사진이 웃고 있었다. 어느덧 화면이 꺼졌다. 은민이는 냉장고에서 물을 꺼내어서 마셨다. 그리곤 집을 나왔다. 은민이는 어디를 가고 있었다. 그곳이 어딘지….

대구시티

은민이는 대구시티로 가고 있었다. 누구를 만나기 위해서였다. 대구역에서 하차하였다. 은민이는 소진 씨를 찾아가 보기로 하였다. 반월당 쉼터에 들렀다. 한참을 둘러보고 기다려도 소진 씨는 보이지 않았다. 그래서 소진 씨와 방으로 갔던 곳에 들렀다. 초인종을 눌렀다. 방 안에서 소리가 났다. 그리고 문이 곧 열렸다. 은민이는 소진 씨에게 소이의 소식을 묻고 싶어서 소이에 대한 얘기를 소진 씨에게 말하였다.

"은민 씨, 소이는 사랑하는 사람이 있어요."

"소이가요. 그 사람이 대체 누구인가요."

"저와 소이는 아주 친한 관계예요. 은민 씨가 생각하는 것보다 더. 그러니 앞으론 사랑은 말아주세요. 저도 사랑할 수 있잖아요."

"그게 왜. 소이는 저의 배우자입니다. 소진 씨하고는 다릅니다."

"은민 씨 약조나 하나 할까요. 저는 소리란 딸을 가졌어요. 은민 씨의 딸을….”

“그건 저의 실수입니다. 다시는 이런 일이 없을 겁니다.”

“진짜 그럴까요.”

그리고선 은민이를 안았다.

“이러지 마세요. 이러는 거 아닙니다. 그리고 난 소진 씨에 대해서 아는 게 없습니다. 대체 제게 왜 이러는 거예요.”

“네 은민 씨는 제가 왜 이러는지 모르겠네요.”

“…….”

“은민 씨 소이는…. 저의 현실의 연인입니다. 저는 소이의 과거의 연인이고요. 과거가 있어야만 현실이 있죠. 그리고 현실이 있어야 과거가 있는 것이지요.”

“…….”

“은민 씨가 생각하는 과거는 제가 소이를 대신할 수 있어요. 저는 은민 씨와 소이에 대한 모든 것을 알고 있어요.”

“…….”

“제가 은민 씨의 아기를 바란 건 미래의 세계를 보고 싶었던 것이에요. 그리고 은민 씨는 과거를 사랑해야 해요. 그것이 제가 아닌가요. 현실에선 소이에게 사랑을 할 수 있어도 소이는 현실에서 은민 씨를 절대로 사랑하여서는 아니 되죠. 그건.”

“그것이 무엇입니까?”

“사랑은 위험한 것이에요. 은민 씨가 생각하는 거와는 달라요. 누군가가 말해 줄 거예요.”

“그 사람이 누군가요.”

“은민 씨의 미래의 여자?”

"……."

"소이가 아이를 낳았다고 하죠."

"그래서요."

"그 딸이 은민 씨의 미래의 여자예요. 보이지는 않을 겁니다. 커가는 모습이. 그렇지만 그 딸을 통하여 은민 씨가 사랑을 배우는 거예요. 남자가 여자를 사랑한다는 건 있을 수 없는 일이니까요. 현실에서는. 일방적인 남자의 사랑은 여자가 애초에 바라는 것이 아니기 때문이죠. 은민 씨가 원한다면 저를 통하여 여자의 사랑을 배우세요. 언젠가는 알 거예요. 은민 씨가 사랑이 왜 필요로 하는지. 한 가지만 더 말해 줄게요. 여자는 사랑이 필요한 것이 아니라 이상의 세계가 필요해요. 이상의 세계에선 남자와 선을 그어야만 해요. 그래야 후손을 남기는 사랑을 알 수 있는 법이에요. 소이와 잠시 헤어져 있다고 하여서 소이 씨를 너무 나무라지 마세요. 기다려 주세요. 그리고 존중해 주세요. 애들이 크면 아빠의 사랑은 알 거예요. 사랑은 흔한 게 아니라는 것만은 알아주세요. 보고 싶다면 아기가 아빠의 사랑을 알 때 그때 보아도 늦지 않을 거예요. 기다려 주세요. 그리고 원한다면 저를 찾아오세요."

"……. 그런 일은 없을 거예요. 저는 배우자를 사랑합니다. 그리고 누구보다도…. 안녕히 계세요. 사람을 잘못 봤습니다."

은민이는 뒤돌아서며 소진 씨의 방을 떠났다. 소이도 미워지기 시작하였다. 은민이는 과거의 동네에 올 때까지 분노가 찼다. 소진 씨의 말은 믿을 수가 없었다. 질투가 났기 때문이었다. 사람을 사랑한다는 건 소중한 일이며 귀중한 일이기 때문이었다. 은민이는 집으로 오면서 많은 생각을 하였다. 그리고 소이가 보고 싶었다.

(기다려 주세요. 딸이 아빠의 사랑을 알 때까지.)

은민이는 기가 막힐 지경이었다. 보고 싶은 딸을 기다리라니….

소이에게 전화를 걸었다.

"소이야 언제까지 집에 오지 않을 거야?"

"……."

"그래 소이야 행운을 빌게. 소진 씨가 말한 말도 맞는 것 같애. 잘 지내길 바래. 내 걱정은 하지 말고."

"……."

은민이는 말 없는 소이의 전화를 끊었다. 그리고 소이를 조금씩 잊기로 하였다. 그것이 소이에게 중요한 일인 것 같아 보였다. 은민이는 현관문을 열었다. 그리고선 냉장고로 향했다. 그리곤 물을 마셨다.

소이가 아기를 데리고 김밥천국가게에 오고 있었다.

"엄마 천국이라는 이름이 적혀있어."

"어 김밥천국이라고 적혀있지."

소이가 아기를 데리고 김밥천국가게에 들어갔다. 그리곤 은민이에게 전화를 걸었다.

"은민아, 여기 김밥천국인데 여기로 와야겠어."

"웬일로 과거의 동네에도 다 오고. 알았어, 금방 갈게."

빵모자를 쓴 애는 수이였다. 엄마와 김밥을 시키며 먹고 있었다. 은민이는 소이가 기다릴 거라고 생각하며, 부지런히 걸어서 가게가 있는 곳으로 갔다. 소이와 수이는 김밥을 천천히 먹고선 아빠를 기다렸다. 소이는 수이와 재미난 얘기를 나누었다. 그리고선 가게를 나왔다. 인도를 걸으며 횡단보도를 건너려고 서 있었다.

"수이야 멀리서 아빠가 오는 것이 보이네."

소이와 수이는 신호가 몇 번 바뀌어도 횡단보도를 건너지 않았다. 은민이는 어느덧 횡단보도에 섰다. 은민이가 차들이 지나가는 것을 보며 파란불이 들어오길 기다렸다. 소이를 알아보지 못한 듯하였다. 수이가 아빠를 한참이나 보았다. 파란불로 신호등이 바뀌자 아빠는 길을 건넜다. 김밥천국가게에 가기 위해 사람들을 비켜서 가고 있었다. 은민이는 김밥천국가게에 들렀다. 소이가 보이지 않았다. 가게 밖으로 나왔다. 그리고 스마트폰을 켜며 전화하였다. 통화 신호가 갔다. 그러나 소이는 전화를 받지 않았다. 그리고 인도로 김밥천국가게까지 걸어오고 있었다. 은민이가 받지 않는 전화에 종료를 누르며 가게 앞에서 기다렸다. 몇 미터 사이를 두고 은민이와 소이는 마주쳤다. 그리고 은민이는 아이를 보았다. 아이가 손을 흔들었다. 은민이는 손을 흔들었다. 소이가 아이를 안았다. 그리고 은민이 곁으로 갔다.

"얘가 수이야."

소이는 수이를 보며

"아빠 여기 있네."

라고 말을 하였다. 아이는 손만 흔들 뿐이었다. 드디어 아빠가 말을 하였다.

"안녕 수이야. 이쁘구나. 누구를 닮았는지."

"누구를 닮았겠어. 아빠를 닮았지."

소이가 말을 하였다.

"수이야 아빠에게 와 볼래."

은민이가 수이를 소이 품에서 수이를 안아다가 안았다.

"얘가 수이구나. 이쁜 딸."

"아빠."

수이가 아빠 품에 안겼다.

"수이는 아빠하고 있으면 행복할 거야?"

소이가 말하였다.

아빠가 말하였다.

"행복이랄게 있겠어."

아빠가 심통을 부렸다.

"나중에 맛있는 거랑 놀러도 많이 다녀 줘."

"그래. 아기는 사랑을 받으면서 커야지?"

"애기가 두 살이야."

소이가 말하였다.

"그래. 벌써 그래 되었구나. 떡볶이나 먹으러 가자."

은민이와 소이는 수이를 데리고 김밥천국가게로 들어갔다. 그리곤 자리를 잡아 앉았다. 수이는 엄마가 있는 자리로 갔다.

"소이야 떡볶이 먹고 직지문화공원에 놀러 가자."

"싫은데."

"그럼, 어디 가고 싶어."

"아니야. 떡볶이나 먹으면서 얘기해."

"그래 아기 키우기가 쉽지 않을 텐데 고생이 많아."

"……."

말하고 있는 중 떡볶이가 나왔다. 소이와 은민이가 떡볶이를 주섬주섬 먹으며 얘기를 나눴다. 아기는 미래의 은민이의 모습을 보여준 여자애였다. 그것이 은민이의 딸자식이었다. 그날 밤 소이는 수이를 데리고 메가시티로 다시 향하여 갔다. 딸이 아빠의 대한 궁금증을 엄마에게 말하였다. 소이는 딸자식과 얘기를 나누며 메가시티에 집으로 갔다. 그날 밤 소이는 창가를 보며 깊은 생각에 잠겼다. 그리고 딸은 침대에서 새근새근 잠자고 있었다. 수이는 아빠의 처음 모습에 기쁜 잠을 자고있는 것이었다. 은민이는 그날 밤 몬스테라에 물을 주었다. 그리곤 수이를 생각하였다. 수이는 생각에서 은민이의 한 부분을 차지하였다. 몬스테라는 조금 열린 창가에서 들어오는 바람에 의해 고개를 끄덕였다. 수이가 왔다 간 것이었다. 생각하는 것만큼 수이는 아빠와 함께 있어준 것이었다.

소이가 드디어 자주 전화하였다. 간단한 말만 하였지만. 그렇다고 은민이는 가슴을 애태우지 않았다. 당연히 긴 얘기를 자주 한다는 건 번거로웠기 때문이었다. 소이는 딸자식 얘기도 하지 않았다. 은민이는 궁금해서 딸이 뭐 하는지 자주 물어보았다. 그런 소이는 장난 섞인 말을 하며 말길을 돌렸다. 은민이도 갈수록 딸자식 얘기는 점점 하지 않았다. 그리고 어느 날 딸이 있었다는 것을 잊을 정도였다. 수이에 대해서 소이가 말을 하지 않았기 때문이었다. 그리고 은민이도 수이에 대해 묻지 않는 날이 많았다.

이모는 수많은 날을 병실에서 지내다가 퇴원 날짜를 잡았다고 하였다. 어느 목요일 퇴원한다는 것이었다. 이모는 강이를 잊은 듯하였다. 은민이는 방에서 조용히 생각에 잠겼다. 이모의 집이 예전 같지 않아서였다. 사람 발자취가 끊어진 듯 허전하였기 때문이었다. 은민이가 이모 집에 왔다 갔다 하며 집 관리를 해주었다. 겨울에는 무척 추웠다. 은민이가 보일러 관리를 해주며 잠도 하루 정도 자고 가는 날도 많았다. 이모는 백발이 되었다. 그리고 이모는 예전으로 돌아갈 것이었다. 웃던 날이 많았던 것처럼….

아영이는 산책을 나왔다. 그리고 그영이와 생활하는 날이 많아졌다. 그영 씨는 아영이와 외식도 하며 마트도 아이와 자주 갔다.

"가영아 고로케 먹을래."

그영이는 고로케 얘기를 하며 고로케를 여러 개 샀다. 직원은 고로케를 봉투에 담아서 주었다. 10개를 산 듯하였다. 그중 하나를 골라내곤 고로케를 자그마하게 찢어 뜯었다.

"자 먹어 가영아."

"그영아 제과점 가게에는 냄새가 좋아. 배가 고파서 그런가."

아영이가 말하였다. 가영이는 고로케를 약간씩 입에 물며 찢었다. 그리곤 씹어서 먹었다. 가영이는 고로케가 맛있게 느껴졌다.

"엄마 이게 고로케야."

"그래. 고 로 케."

그영이가 말하였다. 아영이가 덧붙여 말하였다.

"1층에 아이스크림이나 먹으러 갈까?"

"어, 그러지."

그영이는 가영이의 손을 잡고 천천히 에스컬레이터를 탔다. 셋이 1층 아이스크림 가게에 들렀다. 먹고 가려는 모양이었다. 그리고 그영이가 계산하였다. 자리의 테이블에 앉았다. 그영이와 아영이는 이야기하며 플라스틱 숟가락으로 컵에 담긴 아이스크림을 먹었다. 그영이는 가영이에게 숟가락으로 아이스크림을 알맞게 담아 주었다. 아영이는 아이스크림이 맛있었다. 그리고 보기보다 아영이가 많이 먹었다. 그영이가 아이스크림을 먹다가 생각이 난 듯 말하였다.

"아영아 우리 대구에 놀러나 한번 갈까?"

"셋이서."

"그래. 셋이서."

"그래. 대구나 가지. 날도 좋은데."

아영이 말에 그영이는 서점에 책을 살게 있다고 하였다.

"서점. 아는 데는 있어."

"물론이지."

"좋아. 그영이가 가자는데 서점에 구경도 해볼 겸."

은민이는 집에만 있으니 좀이 쑤셨다. 그래서 가게에 커피도 자주 마시러 갔으며 터미널에도 자주 갔다.

아영이와 그영이가 아이를 데리고 대구에 가는 날이었다. 아영이는 산들바람이 부는 것처럼 기차 안이 시원하였다. 그영이는 가영이에게 신발도 바로 신겨주고 핀도 이쁘게 꽂아 주었다. 아영이는 대신역을 지날 때 창밖을 보았다. 오랜만에 보는 듯 아영이는 뚫어져라 보았다. 그영이는 그런 아영이를 보고선 아영이가 보는 들을 같이 보았다. 가영이를 품에 안은 그영이는 가영이도 멀리 보이는 산을 보도록 하였다.

"아영아 가영이 안아 볼래."

아영이는 그영이의 말에 아영이를 두 손을 내밀며 안았다.

"여기가 구미였으면 아파트와 빌딩이 많았을 텐데."

아영이가 말하였다. 그리고 가영이를 무릎에 앉혔다. 아영이는 대구역에서 내릴 때 그영이보다 조금 앞서갔다. 그런 그영이는 아영이를 자주 불렀다. 아영이는 대구의 길을 잘 몰랐다. 그렇지만 대구의 길을 알아 두는 듯하였다. 횡단 보도를 건너 동성로 길을 걸었다. 동성로의 길에서 아영이는 그영이와 도보를 맞추어서 걸었다. 그영이

가 동성로 한일극장 맞은편에 왔을 때 그영이는 횡단 보도로 건너자
고 하였다.

"가영이는 이런 곳에는 처음일 거야."

아영이가 말하였다.

"이모 여기가 어디야."

"대구는 너희 아빠의 고향."

아영이가 말하는 사이 파란불이 켜졌다. 그영이는 빌딩을 보며 들
어가자고 하였다. 가영이와 아영이 그리고 그영이는 입구 쪽 돌아가
는 문을 천천히 들어서곤 걸었다. 그리고 교보문고 입구에 들어섰다.
책 구경이나 할까였다. 아영이가 『파친코』 책을 두루 훑어서 보았다.
그리고 그영이가 가는 곳을 따라다녔다. 그영이가 『불편한 편의점』
책을 보았다. 옆에서 같은 책을 덥석 잡고선 책들을 보려 하였다.

"어머~."

아영이가 말하였다. 그영이가 아영이를 보고선 옆에 있는 남자를
보았다.

"은민 씨~ 은민 씨예요."

그영이가 보고선.

"어머~."

라고 말을 하였다. 앞에선 아기를 데리고 온 아줌마가 그 얘기를
듣고선 보았다.

"은민아."

소이가 말하였다.

"이게 누구야."

은민이가 말하였다. 애들을 물끄러미 보았다. 은민이가 『불편한

편의점』 세트를 들고선 계산대로 갔다. 뒤에서 조용히 그영이와 아영이 소이가 아이를 데리고선 책 한 권을 들고선 은민이 뒤를 따랐다. 은민이가 계산하곤 입구 쪽의 홀에서 기다렸다. 아영이와 그영이 그리고 애들이 서점 입구를 조용히 나왔다. 함께 다 모였다.

"일단 나가죠."

은민이가 그영 씨를 보며 말을 하였다. 모두들 바람막이 문을 천천히 나오며 전문서점 입구 옆 장신구 조형이 있는 맞은편 건물에서 은민이가 얘기를 하였다.

"여긴 어쩐 일로."

"책을 사러 왔죠."

그영 씨가 말을 하였다.

"우리 카페에 가서 얘기할까요."

은민이는 카페로 앞장서며 갔다. 모두들 은민이를 따라 카페로 들어왔다. 아영이는 그곳에서 은민이와 많은 얘기를 나누었다.

밤이었다. 동대구역으로 갔다. 소이와는 헤어졌다. 그리곤 KTX를 타곤 과거의 동네로 오고 있었다.

지난날들은 꿈을 꾸게 하였다. 메가시티는 꿈을 안아주었다. 은민이에게는 과거의 동네가 있어야만 하였다. 대구는 훗날에 도시로 변해 버렸다. 아득한 것은 멀리 바라보게 하였다. 가슴 벅찬다는 것은 용기를 주었다. 변함이 없는 마음처럼 오늘도 있다는 하루였다. 하루하루의 감사함을 안다는 것이 세상을 아름답게 하는 것이었다. 소진 씨의 말처럼 누군가가 말해줄 것 같았다. 그건 나 자신이 말해 주는 것 같았다. 믿음으로 섬기는 마음처럼…. 언제나 있어 주는 것이었다.

은민이는 과거의 동네에서 미래의 나를 보았다. 그리곤 미역을 뜯어다 불려 놓았다. 은민이의 생일이었다. 이모가 딸기를 사서 은민이네 집에 들렀다. 미역국을 먹으며 이모는 생일을 축하해 주었다. 은민이는 달다는 딸기를 쉰 맛을 느끼며 먹으면서

"아우, 셔."

라고 말을 하였다. 이모는 미역국을 먹으며

"어휴 매워."

라고 말을 하였다. 은민이가 미역국에 청량고추를 넣었기 때문이었다. 내일은 있는 법. 은민이는 과거를 누군가에게 들려줄 수 있는 사랑이 있어 좋았다.

3부

수이

소이는 말주변이 있었다. 특히 은민이에게는 가르칠 것은 소이의 소식만은 아니었다. 무슨 말을 많이 하지 않아도 소이는 은민이에 대해서 알아가는 듯하였다. 소이의 아기는 커 가고 있었다. 그리고 수이의 모습은 달라졌다. 아빠를 그리워하고 있었다.

인간만의 특권인 그리움을 보고 싶은 심정으로 살아가는 것이었다. 보고 싶은 건 언제나 존재하여야만 하였다. 소이는 수이에게 아빠의 보고 싶은 심정을 가르쳤다. 수이는 그제야 여자가 되는 것이었다. 아빠가 보고 싶을 정도로 사랑하는 것은 수이만의 특권이었다. 소이는 은민이의 보고 싶은 심정을 수이로부터 알게 되었다.

나쁜 이는 모두 다 혼을 내었다. 인간 로봇들은 단순함이 이 법칙을 아는 듯하였다. 원리를 봤어도 나쁜 이는 혼이 나야만 하기 때문이었다. 로봇들은 자립할 것이었다. 인간이 애초에 로봇들을 자립시켜주고 싶었기 때문이었다. 수이는 이 수적인 것을 마음으로 짓는다는 것을 엄마에게 배웠다. 모습은 달라도 하나가 통로였기 때문이었다. 수이는 소진이 아줌마를 만나는 날이었다. 대구시터에 소이가 소진이를 만나는 것이었다. 쉼터에서 냉면을 소이와 소진이는 시켜서 먹었다. 그리고 수이는 와사비를 처음 접하였다.

그것은 매웠다. 그리고 시큼하였다. 수이는 마음을 가졌다. 자기만의 특권인 마음을 가진 것이었다. 마음으로는 무엇이든 안되는 게 없었기 때문이었다. 소진 아줌마는 수이를 조금 미워하였다.

"제 아비의 딸이구나."

소진이가 수이를 보며 말하였다.

"무엇이든 좋아하는 버릇이 있어."

소이가 소진이를 보며 말하였다.

"커서 뭘 할는지."

소진이가 채식으로 되어 있는 냉면을 비웠다.

"제 아빠는 수이에 대해서 아는 게 없는가 봐. 내가 얘기를 안 하거든."

"질투심이 늘어 가겠구나. 어린 나이에."

"그럴 거야. 아빠의 질투가 늘어가는가 봐. 누구를 닮았는지."

"성경에는 그럴싸한 여인이 있다는데. 수이도 모질게만 가겠구나."

소진이는 수이에게 흥만 보았다. 수이는 잘못한 게 없었다. 그런 소진이 아줌마가 약간 무섭게 보였다. 소진이 아줌마는 질투로 수이에게 잘해 주었다. 긍정적인 것을 가르쳐 주는 것이었다. 아니면 소진이 아줌마가 혼내는 것은 당연하였던 것이었다. 수이는 그런 소진이 아줌마가 좋기도 하였고 멀리하고 싶기도 하였다.

“아줌마 저한테 왜 구박만 주세요.”

“내가 네가 미워서가 아니야. 그리고 세상엔 너만 있는 것이 아니야.”

“그건 저도 알지요.”

“그래 넌 미련을 많이 갖지 말아라. 너 잘되는 건 아빠도 잘되는 거야.”

“아빠, 아빠가 왜요.”

“넌 왜 아빠만 생각하여서는 안 돼. 이 아줌마도 생각해야지.”

“아니 난.”

“됐어. 네 아빠는 사랑하는 사람이 있어. 네가 참견할 일이 아닐 거야?”

“……”

수이는 근심이 어렸다. 아빠를 조금씩 달리 보기로 한 것이었다. 소이는 소진이와 반월당 쉼터 벤치에 앉아서 얘기하였다.

“소진 씨 앞으로는 잘될 거야.”

“응 그렇게 생각해. 은민 씨는 나를 언제쯤 사랑할까?”

“은민 씨가 그렇게 좋아.”

“소이 씨 은민이는. 사랑해야 할 사람이 있어.”

“그래 대충 이해했어. 소진 씨의 사랑을.”

“우리 소리도 소망적인 것을 좋아해. 그러나 자신도 모르는 부분이 있더라구.”

“아기 클 때는 다 그렇지. 잘해 주기만 하면 뭐해. 빗나가는 수가 있지.”

“소리는 세상이 온통 자기 것인가 봐. 엄마에게 이래라저래라하고."

"너 닮았구나."

"보통이 넘는 아이지. 세상을 가르치기 전까지는."

"그래. 수이는 아빠 사랑을 알까?"

"수이에게는 아빠 사랑이 보여."

"그렇겠지."

소이는 말을 하려다 수이의 등을 둥글게 쓰다듬으며 만졌다. 수이는 분수대를 바라보았다. 수이는 말이 조금 없는 아이가 되어 버렸다. 엄마가 소진이 아줌마와 헤어지며 수이는 엄마와 메가시티로 왔다. 메가시티에서 수이는 한가지가 보였다. 아빠가 있는 과거의 동네도….

소리와 수이는 마법의 학교에 다녔다. 소리는 수이보다 한 살이 어렸다. 연주 선생님은 수이에게 마음의 수를 짓는 것을 가르쳤고 소리에게는 소망을 진리로 품는 것을 가르쳤다. 연주 선생님은 마법은 낮은 자의 배려라는 것을 이들에게 심어주었다. 절대로 이기적인데 마법을 쓰는 것이 아니라며 세상을 이처럼 보라 하였다. 수이는 사람을 가르치려고만 하였다. 그래서 미운 자식 같았다. 잘난 사람같이 보여서….

진리는 마음의 양식이라고 소리에게 늘 머물렀다. 소리는 애가 타는 것이 이 세상에 전부가 아니라는 것을…. 조용히 일깨워 주는 것을 알아가는 듯하였다. 소리는 머무는 곳을 배움의 터전이라고 누군가에게 많이 듣고 자랐다.

"언니 언니는 가르쳐 줄게요. 머무는 곳이 뭔지."

"알아, 하지만 머무는 곳은 아름다워야 하지."

"그럴 거예요. 언니."

소리가 말주변이 있었다. 그런 수이는 말수가 조금 없었다. 소리는 그런 언니가 배울 게 많았다.

"언니 사람은 배움의 대상자를 선택해야 하는 것은 아니에요."

"그래 사람은 혼자서도 이겨내는 법을 알아야 하지."

"언니 사람은 선택받은 거예요. 누구나 자유를 누릴 권리를⋯."

"그래 언젠가는 알게 되겠지. 무엇이 진짜인지."

"거짓말은 있어야 하는 것은 아닌데 세상에는 존재하죠."

"그야. 선의 거짓말이 필요해서가 아닐까?"

"아니에요. 언니 선은 거짓말을 원치 않아요."

"⋯⋯"

수이는 자리에서 일어났다. 반월당 지하상가 벤치에서⋯.

아영이는 은민이와 같은 집에서 함께 살았다. 그영이가 아영이에게 은민이를 많이 알게끔 다리를 놓아주었다. 그영이는 현실의 동네로 갔다. 그리고 민숙이 언니와 가게의 일을 함께하였다. 민숙이 언니는 은민 씨의 카톡만 받았다. 그리고 답장은 주지 않았다. 그영 씨는 아영이에게 전화도 자주 하였다. 그러나 전화만 할 뿐 만나지는 않았다. 은민 씨에게 방해가 되기 때문으로 생각했는지도 모르기 때문이었다.

가영이는 현실의 동네에서 채식에 관한 것을 배웠다. 엄마가 채식의 영양가를 일일이 다 챙겨 준 덕분이었다. 만물이 소생하기까지 가영이는 음식이라는 것을 알았다. 그리고 물을 자주 마셨다. 먹는 것은 영원히 아니었다. 음의 음이 음식이었다. 그리고 영원이였다. 가영이는 마시는 것이 필요하다는 것을 깨달았다. 그리고 과거가 중요함을 알았다. 과거에선 맺어 주는 결실이 있기 때문이었다.

아영이는 집에서 자는 것을 좋아하였다. 잠으로 보내는 시간이 많았다. 은민이가 밥을 하며 집안일을 맡았다. 아영이와 혼인한 관계는 아니었다. 은민이는 소이와 혼인한 관계며 아영이와 살아도 소이와 이혼을 하지 않았다. 소이가 이혼을 해주지 않았기 때문이었다. 아영이는 아기를 낳지 않았다. 아기를 낳을 나이가 지났기 때문이었다. 아영이는 산책을 좋아하였다. 그리고 공원에 시간이 나면 자주 갔다. 은민이는 몬스테라에 물을 주었다. 담배를 피우는 순간 목젖 부분에서 염증이 터져 피가 났다. 은민이는 냉커피를 마시며 목젖에 마사지를 냉커피로 해주었다. 아영이가 돌아올 시간이었다. 은민이는 아영이에게 이 사실을 알렸다. 아영이는 놀라웠지만 은민이의 괜찮다는 말에 한시름 놓았다. 은민이는 주방에 전등불을 켜 보았다. 그리고 목젖을 보았다. 검게 부어 있었다. 아영이는 병원에 가자며 은민이를 보챘다. 은민이는 병원에서 약을 먹어야 하는 일이 아니라며 병원 가기를 꺼렸다. 하는 수 없이 아영이는 모른 척하기로 하였다. 은민이는 모든 음식을 당분간 금하기로 하였다. 그리고 냉커피를 마셨다. 목에 찜질을 위해서였다. 몇 시간이 지나자 입안의 마름증상은 사라졌다. 검게 물든 목젖도 약간의 갈색을 띠며 나아지는 듯하였다. 은민이는 아무래도 천일염이란 소금을 요리해서 잘못 먹은 탓으로 돌렸다. 그리고 양치질하였는데….

은민이가 해 놓은 음식을 아영이가 다 먹어 버렸다. 은민이는 당분간은 죽을 먹기로 하였다. 그리고 밥은 조금씩 먹기로 하였다. 자극적인 음식을 피하기로 한 것이었다. 아영이가 밤참으로 순대를 사왔다. 그리고 은민이에게 건넸다.

"은민 씨 이거라도 먹어요. 너무 먹지 않아도 병이 나요."

"그럴게요."

은민이는 아영이의 배려에 모른 척할 수가 없었다. 그리고 목젖이 낫는 듯하였다. 아영이가 발효 우유도 건넸다. 은민이는 발효 우유를 마시며 주방에 있는 거울을 보았다.

소이는 아영 씨가 은민이와 살고 있다는 거도 알고 있었다. 그렇지만 소이도 은민이의 일에 간섭하지 않았다. 다만 소이는 이혼해 주지 않았다. 법적으로는 은민이가 배우자였다. 소이와 혼인한 지도 꽤 되었다. 그리고 소이는 수이를 키우는 엄마였다. 수이는 연주 선생님으로부터 마법을 배웠다. 소진 씨도 소리가 마법을 배우도록 하였다. 소리는 하늘의 진리를 마법으로 풀었다. 하늘은 이치에 깨닫는 것이었다. 소리가 구름을 타는 마법을 배웠다. 그리고 수이도 구름을 타는 것을 배웠다. 그리고 바람을 일으켰다.

연주 선생님은 책을 들고 있었다. 그리고 펜을 들고 있었다. 뭔가를 적었다. 책은 마법이었는지도 모르기 때문이었다. 그러나 연주 선생님은 우편에는 앉지 않았다.

그리고 제자인 수이와 소리에게도 우편에는 앉지 않게 하였다. 그것은 하나님만이 우편에 앉으시기 때문이었다. 오실이에 그리고 계시기에 연주 선생님은 좌편에 앉았다. 그리고 보이시지 않는 하나님을 말씀으로 늘 머물러 주시길 바랐다. 하나님의 심판 날이 가까웠다. 그러나 하나님은 말씀으로 계시고 산 자와 죽은 자를 심판하는 것을 선한 민족이기를 바라며 영원히 삶이 되도록 머물러 주셨다. 사람은 깨닫기를 원하며 살아가는 방법을 알아가도록 하는 것이 더욱 중요하게 보신 것 같았다. 하나님은 과거에 머무르셨다. 그리고 이다의 편이 되어 주셨다. 책 속에 존재하였듯이 그렇게 하나님은 진리가 되어 주셨다.

현실의 동네에서 그영이는 가영이를 마법 학교에 보내기 위해 연주 선생님을 만났다. 가영이는 하드를 먹고 있었다. 그리고 엄마 따라 연주 선생님과 얘기하는 엄마를 볼 수 있었다. 가영이는 엄마가 해주는 라면을 먹을 수가 있었다. 연주 선생님이 파에다 맛있는 수프를 발라주며 푸석하게 라면과 조합을 이루어 주셨다.

"가영아, 라면을 맛있게 먹어 맛이 없으면 음식도 아니야."

"우리 애가 라면을 좋아해요. 참 착한 아이죠."

"네."

가영이는 파를 보며 우두둑 씹어먹었다. 맛있는 조합의 맛이었다.

"맛이 없이는 이 세상을 살 수 없는 법이죠."

연주 선생님이 말을 하였다.

"가영아 맛이 어때."

엄마가 물었다.

"맛이 괜찮아 그리고 맛있어."

"그래 넌 좋은 아이가 될 거야."

연주 선생님은 라면에다 약효를 뿌려 주었다.

"천천히 먹어요. 가영아?"

연주 선생님은 물잔을 건네며 가영이에게 마시도록 하였다.

"가영아 물을 마시며 천천히 먹어 라면에는 감자와 버섯으로 버무려서 만든 것이란다. 이다음에 음식을 만들 줄 알면 진정한 맛의 원리를 알게 될 거야."

연주 선생님은 음료를 마시고 있었다. 그리고 가영이는 물을 마시기 시작했다. 참 달콤한 물이었다.

"선생님 가영이는 라면을 끓일 줄 알아요. 그리고 소꿉놀이를 좋아해요."

"네."

"좋아하는 음식은 김치고요. 김칫국을 되게 비벼서 먹는 짓도 잘하죠."

"네."

"입학식 메뉴로 무 강정을 첫 번째로 가르쳐 보기로 하겠습니다."

"네 선생님 가영이는 잘할 거예요."

"네. 그리곤 연주 선생님이 그영 씨에게 물잔을 건넸다.

"드셔보세요."

연주 선생님이 그영 씨에게 말하였다. 그영 씨는 물잔을 받으며 물을 마셨다. 입 안이 헤아로웠다. 헤아리는 기분이었다. 물맛에 대해서.

"선생님 그러면 저는 현실의 동네로 가 봐야 하겠습니다.

"네 그영 씨."

"가영아 선생님 말씀 잘 들어."

"걱정하지 마. 엄마, 입학만 하면 되지."

"그래."

그영이는 아영이에게 전화하였다.

"어 아영아, 가영이가 입학을 할 것 같애. 시내에서 짜장면이나 같이 먹자."

"그래 그영아 시내에서 기다릴게."

그영이는 통화를 마치곤 가영이와 손을 잡곤 놓아주었다. 연주 선생님은 가영이를 데리곤 학교로 들어갔다. 그영이는 쓴웃음을 지어 주었다. 그리고 수이와 소이를 볼 수 있었다. 학생은 총 3명이 되는 것이었다. 연주 선생님은 방 하나를 사용하도록 방을 차려주며 정리 하였다. 그리고 수이와 소리를 가영이 방으로 불렀다. 호출되자 수이 와 소리가 가영이 방으로 들어왔다. 선생님은 애들이 얘기를 나누도 록 그대로 두며 방을 나와 문을 닫았다. 수이가 말하였다.

"우리 아빠 얘기는 하지 말자."

"응 언니."

소리는 여기서 막내였다. 수이가 말하였다."

"가영아, 방이 좋지."

"응 언니. 여기서 만나니 기분이 묘하게 좋아."

"내일부터는 수업이 있을 거야. 내 방에 구경이나 갈까?"

소리와 가영이 그리고 수이가 수이의 방으로 갔다. 방에 들어서자 책들이 보였다. 서재에는 그림책도 많았으며 동화책도 많았다.

"가영아 그림책 하나를 골라봐."

가영이는 그림책을 골라보았다. 그리곤 보았다. 개미와 베짱이가 말을 하는 그림책이었다. 소리도 그림책을 골라보았다. 장화 신은 고 양이였다.

"언니 고양이가 왜 장화를 신어."

"그야 다 주인을 위해 헌신을 한데나…."

"수이 언니 언니는 무슨 마법을 배워."

"난 나중에 뭐든지 지을 수 있을 거야."

가영이가 수이 언니의 말에

"헐"

그러며 웃었다.

"우리 차나 마실까?"

수이 언니가 말하였다.

"그래 언니."

가영이와 소리가 답변해 주었다. 그리고 수이 언니가 주스 3잔을 가져왔다. 그러고는 주스를 마셨다. 주스에는 비타민C가 들어가 있었다. 가영이는 몰랐다. 비타민C가 그러나 가영이는 들뜬 기분이었다. 수이와 소리 가영이는 각방을 사용하고 있었다. 가영이는 포근한 잠을 잘 수가 있었다. 언니와 소리를 생각하며….

수이는 아빠를 생각하였다. 그리고선 잠이 들었다. 아빠의 집에 놀러 가며 몬스테라를 하나둘 다듬어 주었다. 아빠는 몬스테라에 물을 주며 바람에 흔들이는 몬스테라를 시원한 바람과 함께 담배를 피웠다. 새잎이 또 나는 모양이었다. 그리고 몬스테라는 세 잎이었다.

아영이가 설거지하고 있었다. 은민이는 중간 방에서 수가 잘 자라는지 보고선 물을 주었다. 그런데 수는 잎이 마르기를 황색으로 변했다. 아영이가 밥을 하였다. 그리고선 냉장고에 물을 담은 물통을 가지런히 넣었다. 감자를 썰기 시작했다. 그리고선 볶음을 하였다. 은민이가 음악을 틀며 바닥에 누웠다. 아영이가 감자볶음을 다 한 듯하였다. 냉장고에 시금치와 깍두기를 꺼내며 밥상을 차렸다.

"은민 씨 밥 먹어요."

은민이는 상 앞에 앉고선 젓가락을 들었다. 시금치를 먹어 보았다. 약간 짠맛이었다. 그러나 은민이는 밥의 양을 조절하며 시금치하고만 밥을 먹고선 그릇을 비웠다. 아영이가 감자볶음을 젓가락으로 부지런히 밥과 먹었다. 저녁이 되자 은민이는 아영이가 한 감자볶음을 다 먹고선 밥을 비웠다. 아영이는 양파와 고추를 된장에 찍어 먹었다. 아영이가 불이 꺼진 방에 조용히 누웠다. 그리고 잠을 잤다. 은민이는 아영이의 초저녁잠이 걱정되었다. 그리고선 작은방에서 책을 읽었다. 『0과 1의 계절』이란 책이었다. 은민이는 책을 덮고선 그제야 잠을 잤다. 아영이는 새벽으로 바빴으나 다시 눈을 감으며 날이 밝을 때까지 잠을 잤다. 아영이는 낮으로는 그영이의 집에 놀러 갔다. 그영이와 카페도 가고 마트에도 갔다. 공원에서 커피도 마셨으며 가끔 들르기도 하였다. 그런 은민이는 집에 있는 날이 많아졌다. 그리곤 스마트폰을 자주 보았다. 김초엽 작가님의 동영상을 보았다. SF와 판타지가 무엇이 다른가? 은민이는 다른 앱들도 보았다. 다 대출에 관한 내용이다. 은민이는 한숨을 쉬었다. 그리곤 가게를 향하여 집을 나와 보았다. 캔 커피를 사다가 마셨다. 그리곤 과자 몇 봉지를 사며 집으로 왔다. 과자를 먹으며 아영이를 기다렸다. 아영이는 폰을 들고 다니지 않았으며 나들이를 좋아하였다. 그리고 텔레비전을 잘 보지 않았다. 은민이는 스마트폰으로 동영상을 보며 유튜브에 들어가 동영상을 보았다. 유튜브에선 우주에 관한 얘기가 많이 나왔다. 우주는 거대하다. 그러나 작은 우리에게도 희망이 있듯이 소중한 하루가 계속되는 날이었다. 인생은 그러하였다.

자전축

지구에 하루가 있으려면 자전하여야 하였다. 극지방에서는 조금씩 얼음이 녹기 시작하였다. 탄소 문제도 있었지만, 지구는 조금씩 기울어가는 것이었다. 햇볕을 받는 부분은 만년설도 녹여 버렸다. 그리고 적도지방도 조금씩 변해가는 듯하였다. 지구는 생명이 살도록 좋기만 한 것은 아니었다. 현실의 지구를 생각할 때 지구는 지구의 생태도 알아야 하였다. 지구의 쓰레기가 많지만, 이들이 분해성을 가진다는 것도 알아야 했다. 지구의 생리적인 현상도 알아야 하였다. 지구의 핵이란 폭탄이 많지만 이보다 더 무서운 건 지구를 폭발하는 땅속의 생리적 현상도 알아야 하는 것이었다. 결코 지구는 죽은 행성이 아니기 때문이었다.

지구를 살린다는 것의 최고의 목표는 지구의 아름다운 계절을 주는 것이었다. 약간의 지각 변동은 있지만 이 땅속에 포근한 안락감을 주는 것이었다. 동물과 인간 그리고 미생물 모두에게 존엄성을 가지는 포근함을 엄마로부터 배우는 것이었다. 질문으로는 나무를 심고 과학의 발전인 세상을 위하는 것이었다. 과거를 잡아주는 사랑이 모두에게 필요하기 때문이었다. 그렇게 땅속은 잠을 자는 것이었다. 행복한 날이 오면 기쁨의 날도 오기 때문이었다.

은민이가 김민선 선생님에게 보낸 문자(카톡)

선생님, 지구는 자꾸만 기울어간답니다.
그건 지구에서 행로를 바꾼다는 건
어려워 보입니다.
지구는 수많은 경험을 겪어왔으며
수많은 생물의 보금자리이기 때문이지요.

아영이는 은민이의 생활 패턴을 간섭하지 않았다. 은민이 또한 아영이를 존중해 주었다. 아영이는 그영이가 걱정할까 봐 딸자식의 얘기는 말하지 않았다. 가영이는 첫 수업으로 김을 맛있게 먹는 수업을 하였다. 김은 밥과 먹으면 맛있었다. 그리고 과자와 먹으면 맛있었다. 연주 선생님은 맛있게 먹는 요리와 빵을 구워주었다. 빵도 김에 싸 먹으며 가영이는 김에 관한 연구과제에 들어갔다. 그것은 김을 채취하는 과정이었으며 가영이는 김을 만들었다. 연주 선생님은 맛소금을 뿌려 주며 참기름을 약간 발라주었다. 다음에는 참기름을 만들 것이었다. 소리가 놀러 오고선 맛소금을 만들었다. 그리고 식물을 만들어 주었다. 소리는 진리였다. 물론 자연에서 진리를 알았지만, 진리는 약간의 묘한 심정도 가르쳐 준 것이었다. 그것은 메가시티의 구조도 말해 주는 것이었다. 수이는 사라지는 수에 대한 감정을 가영이에게 만들어 주었다. 수는 사라진다. 그러나 수는 만들어 주었다. 개체에 대한 것을….

연주 선생님이 겸손에 관해 학생들에게 가르쳤다. 아무리 세상이 홀로의 법칙에 존재하여도 사회에선 모두의 심정이 필요하기 때문에 우정을 강조하셨다. 소리와 가영이 그리고 수이가 김밥을 만들어서 먹었으며 단무지를 먹었다. 가영이는 식물을 키우기로 하였다. 그리고 거름을 주는 것을 잊지 않았다. 자연에서는 배울 게 많았다. 가영이는 음식을 배우곤 설거지하였다. 찌꺼기는 진리로부터 얻어진 고귀한 생명으로 변해가는 것이었다. 수이는 수많은 질문들을 배웠다. 그리고 이다의 나오는 짜깁기에 대해서 수이는 소리와 우정을 쌓아갔다. 가영이가 서열의 정리함을 배웠으며 아름다움을 배웠다. 세상은 아름다웠다. 진정한 진리는 모든 것을 쌓아가는 것이었다. 사랑으로….

연주 선생님이 센터에 좀 다녀오기로 하였다. 우주의 길을 열어주기 위해서였다. 기차는 광년으로 달렸다. 레이저는 광년으로 가는 기차에 철로의 역할을 하였던 것 같았다. 지구는 과거의 모습으로 조금씩 돌아오는 것 같았다. 수많은 별이 기지국으로 연결이 되어 있는 듯하였다. 하늘은 변함없는 과거의 이다를 좋아하였다. 그것이 천국이었다. 이다의 세계에선 영원의 맛을 천국 문을 두며 신설문을 개설하였다. 우주에선 과거의 기억을 추억으로 삼았다. 함께하는 늘 있어주는 누구와 함께….

은민이가 몬스테라에 물을 주고 있었다. 몬스테라는 잘 자라주는 식물이었다. 화분의 거름들이 은민이의 안식처가 되었다. 몬스테라는 꿋꿋하였다. 그리고 가끔 흔들리는 바람에 몬스테라는 위안을 간직하였다. 하늘에는 보배가 있었으며 지금 내가 있다는 것만으로도 감사할 일이었다. 은민이는 몬스테라에 잎을 만지작거리며 만져보며 소이의 사진을 보곤 이모에게 전화를 걸었다.

"이모 뭐해."

"어."

며칠 후 이모는 예전의 모습으로 돌아왔다. 그리고 전화하면 잔소리하였던 것도 은민이의 대한 걱정이 앞섰기 때문인지도 몰랐다. 이모는 생각에 잠기는 날이 많은 것 같았다. 은민이를 간섭하는 날이 적어져 갔다. 그리고 은민이의 전화만 받았다. 이모는 친구들이 없어서가 아니었다. 중요한 건 현실의 문제였다. 현실에서 이모는 무엇을 할 수 있을까였다. 이모는 산책 외에는 마트에 자주 갔다. 초코파이나 쿠키도 좋아하였다. 선이 씨는 이모의 안부를 묻곤 하였다. 그럴 때마다 이모는 편지에 답변해 주었다. 이모가 꽃가지를 관리해 보았다. 이모에게 꽃이란 수수한 집 안의 꽃밭이기도 하였다. 꽃들의 그림도 그리고 책상보에 꽃을 두기도 하였다.

이모는 텔레비전 선반에 있는 라디오를 켰다. 잔잔한 방송과 음악이 흘렀다. 달력도 만들어보고 달력에다 무엇을 했던 날과 하여야 하는 날들이 기록되어 있었다. 이모가 글을 쓴 지도 오래되었다. 읽기 편할수록 이모도 두 권 이상의 노트 공책을 뉴스나 일기 소설을 썼다. 중요한 건 작가의 길이었다. 하지만 이모는 그냥일 뿐이었다. 그리고 글을 쓰는 것을 재미있어하였다. 놀라운 것은 내용 면에서 은민이가 푹 빠질 정도로 읽는다는 것이었다.

"이모 글 써서 뭐 하게."

"응 공책에다 적고 있어 재미난 것들을…."

"작가가 되게."

"내가 뭔 재주로."

이모는 자질구레한 글들도 여러 개 적는 편이었다. 그리고 집에서 타자를 쳤다. 타수가 얼마나 나오는지. 은민이는 이모 집에서 밥을 먹고 텔레비전을 보았다. 선풍기를 켰다. 이모가 2단으로 틀라고 하였다. 이모 집은 왠지 시원하였다.

"은민아 마누라는 잘 있어?"

"마누라 잘 있겠지. 도통 신경 쓸 날이 없으니."

"집사람은."

"아영 씨?"

"그래."

"아영 씨 친구 집에 갔을 거야. 그리고 저녁이면 무엇을 하고는 들어오고는 해."

"아영이와 사는 게 어때."

"아영 씨 보기보다 간격을 유지하는 사람이야. 그리고 말주변에 대해선 철저해. 그냥 말하는 건 없거든 이 씨라서 더욱 그런가 봐."

은민이는 아영 씨를 생각했다.

"은민아 아영이가 부업을 한대. 병원에서."

"……"

"은민이도 아영 따라 부업을 해 봐."

"응."

"대답이 왜 그래."

"모르겠어. 난 그냥 이대로 지내다가 사업을 하고 싶어."

"그래. 매사에 신경을 좀 써."

이모는 주방으로 가서 국을 끓일 모양이었다. 은민이는 이모 화장대에서 책 한 권을 꺼내어 베개를 깔고선 책을 읽었다. 『행성어 서점』이었다. 은민이는 행성에서 일어나는 일들을 생각하며 읽었다. 행성과 행성의 관계는 수식이어야 하였다. 존재에 대한 믿음성이다. 생물은 기초의 과학지식을 원하였다.

메가시티는 과학의 지식을 바탕으로 지어진 곳이었다. 수이와 소리와 가영이는 마법의 학교에 다니면서 마음이란걸 깨달았다. 마법은 멋있었다. 소리는 진리와 같았다. 가영이는 먹는 것이 맛에 있다는 것을 알았다. 수이는 천국에 가 본 적이 있을까? 아빠는 무엇을 하고 있을까? 수이는 소리와 가영이와 맛있는 수프를 먹었다. 파이와 함께. 그렇게 세상은 달콤한 것이었다. 함께 있어 주는 그 누군가와. 몬스테라는 있어 주었다. 은민이와 함께…. 아름다운 세상에서…. 몬스테라는 꿈을 가진 듯하였다. 새로운 삶을 위해서. 아직 귀한 사랑을 위해서 몬스테라는 고개를 숙이고만 있었다.

이다

우주의 건설국이 필요하였다. 대 건설은 행성국의 기지국이었으나 메가시티의 건설이기도 하였다. 그러나 진작 필요한 것은 이다의 천국의 건설이었다. 우주의 계단은 있었으나 무엇보다 신설문이었다. 사람은 죽으면 천국으로 갔다. 천국은 이다로 지어졌다. 그것은 법칙을 말하는지도 몰랐다. 법이 없으면 천국은 있지 않은 것도 같았다. 현실에서는 살아가는 법칙을 알아야 하였고 미래에는 천국이어야만 하였다. 현실의 천국 그것은 가상의 세계일 지도 몰랐다. 하지만 가상이 가상만으로 이루어진다는 것은 현실에서는 아주 중요하였다.

성경에서도 선함만이 가난함을 베풂으로 인도하듯 그렇게 낮은 자의 편이 되어주는 것이 현실에서는 중요하였다. 인간이 별을 만들 때 인간은 안식이라는 영원을 지었다. 보이지 않는. 그러나 보이는. 메가시티의 역할은 그렇게 중요하였다. 과거는 믿음이었다. 발자취이기 때문이었다. 영원은 육체가 필요하다. 육체가 어디로 못 간다는 것은 통로의 역할이 아니었기 때문이다. 그러므로 '곳'이라는 것은 아주 중요하였다. 항성의 별이 중심이듯 인간은 중심국을 두어야 하였다. 아직은 먼 미래이었는지 몰라도 갈 수 있고 머물 수 있다는 곳은 천국인지 몰랐다.

생물학의 영역권은 이를 가능하리라고 말해 주었다. 내가 지나온 과거의 그곳을 기억하듯 사라지지 않는 것이 삶의 천국이었고 이승에서의 집이 천국에서는 집이었다. 천국에서도 집이 필요할지 몰랐다. 마음의 집이. 통로의 역할은 사랑으로 지어져야 하였다. 아픔이 없는 그리고 영역이라는 이다의 세계로부터 기억으로 꿈꾸는 시대가 그곳을 말해 주는지도 몰랐다. 영원이가 있다면 모든 것이 처방하는 약과도 같은 것이었다. 현실에서의 죽음은 천국을 말해 줄 수 있었다. 시공간 안에서 하나님은 간격의 유지를 가르쳐 주었다. 항상 좋은 것만 주시고 항상 사랑해 주시는 하나님께서 이다의 전문법칙을 만든 것이었다.

책은 늘 있어 주었다. 문자가 사람을 그려내는 힘을 기르면 기억하는 모든 만물은 이다의 법칙을 만드는 것이었다. 현실에서 만든다는 의미는 항상 끝이 있기 마련이나 천국에서는 절대 그렇지 않다. 미련이 있으면 항상 고쳐야겠다는 마음이 이 우주의 진리를 알면 공전하는 법칙 속에서 과거의 시간도 머물기 마련이었다. 책은 말해 주었다. 책망이나 속죄 같은 것을….

우주의 기차는 별과 별 속을 오갔다. 초음파 같은 것이 길을 열어 주면 화성국이나 기지국 같은 곳을 오가는 것이었다. 별들은 인격체를 가지고 있었다. 우주의 차가움이나 뜨거움은 현실의 관점에서 볼 땐 아픔이 더 와닿았다. 지옥 불이나 얼음덩어리는 이 우주를 탄생시킬지 모르나 현실에서는 공통점을 안다는 것이 굉장히 중요하였다. 그리고 지구 이 우주의 중심국은 지어지지 않았나이다. 그러나 인간은 중심국을 과거로 볼 때 현시점을 중요하게 여겨야만 하였다. 통치국이 지구로부터 이루어질 때 중심국은 항성도 아닌 지구가 되는 것이었다.

사람은 맛을 안다. 그 또한 천국에서도 맛을 안다. 그러나 다르다는 것은 먹는 것도 아닌 맛이 다르다. 죽음으로 영원을 찾았다면 맛 또한 멋있는 것이었다. 죽음보다 귀한 사랑은 이 세상에서 사랑을 배우는 것이었다. 원래 영원이는 지어진 것이었다. 다만 인격체에서 현실을 중요하게 여긴 게 아닐까? 하나님이 보아주시는 사랑을 의학적으로 안을 택한 것이었다. 의학으로 내과학이란 과목을….

내과학은 치료를 목표로 한다. 의학에서는 고치지 못하는 것은 질병이 아니다. 진리는 이것을 쓰도록 인도만 해줄 뿐이다. 하나님께선 사랑을 택하셨지만 선하심을 강조하셨다. 영원한 나의 집을 주기 위한….

진리는 사랑을 택하였다. 이 우주엔 사랑이 있어야 하기 때문이었다. 안식은 늘 존재하였다. 그것은 영원이기 때문이었다.

소진이는 소리에게 진리를 배우기를 원하였다. 소진이는 과거로 돌아가기로 하였다. 딸인 소리가 항상 이 세상에 존재하기를 바랐다. 그리고 엄마로서 은민이의 사랑을 놓치지 않았다. 영원한 그 무엇이 소진이는 자신의 과거로부터 은민이가 알아가기를 바랄 뿐이었다. 수이 또한 사람과의 인연을 알아갔다. 아빠의 사랑이 곧 자신과의 인연이었기 때문이었다. 은민이는 인연을 알아야 하였다. 그것은 수많은 관계 속에 누구와의 인연이 법칙이라는 것을 알아야 하기 때문이었다. 소이는 메가시티에 중요한 역할을 하는 현실을 알아야 하였다. 현실에서 슬픔과 기쁨을 알아야 하기 때문이었다. 소이에겐 무엇이 기쁨이었을까? 여자로서 자식을 낳는다는 것. 그보다 더 중요한 건 배우자로부터 지분을 얻는다는 것이 중요하였다. 현실에서는 돈 없이는 살 수가 있는 것이 아니었다. 그러나 메가시티에선 지분이 필요하며 약간의 계산이 필요할 뿐이었다. 많은 돈은 메가시티에서 올 줄은 모르나 현실에서는 과거로의 동네가 아주 필요하기 때문이었다. 선이는 이다의 동네에서 세탁기가 없었다. 그리고 손빨래하였다. 옛 과거를 찾기란 자연에서의 만큼 중요한 판단으로 내려지는 것이었다. 알고 보면 모든 것이 수동으로 되어 있었다. 길이 있고 가야 하는 길이기 때문에 무서움으로 판단이 되는 것은 존재를 허락지 않았다. 우주의 아픔은 고쳐야 할 부분인지도 몰랐다. 약국엔 약이 있었다. 선의의 약지는 짓는 것이었다. 약국에서….

가영이는 식품으로 음식을 먹었다. 그리고 약을 지었다. 병원에 가면 치료를 받았고 아픔은 없는 것이었다. 편의의 안식은 병을 낫는 것이었다.

수이와 가영이 소리는 우주의 사랑을 알았다. 그리고 배워 가는 것이었다. 영원히….

우주는 가스로 되어 있었다. 영원한 액체도 없고 영원한 고체도 없는 것이었다.

마법학교에 방학이 다가왔다. 연주 선생님이 방학 숙제를 내고선 건강히 보내도록 선물세트 하나씩 주었다.

"자 여러분 방학이에요. 방학 숙제는 엄마에게 마법 하나씩 배워
오는 것이에요. 여러분은 학생이라는 신분을 잊지 말며 마법에 대해
서 배워오도록 해요."

"네."

모두들 대답하였다. 수이는 엄마가 있는 메가시티 집으로 갔다.
엄마가 수이를 보고선 반겨 주었다.

"수이야, 방학이냐."

"네."

"그래 여기 진주목걸이에 수를 놓아 봐."

수이는 가방을 벗고선 진주목걸이에 수를 놓았다.

가영이는 엄마에게 크림수프를 맛있게 하는 법을 배웠다.

"엄마 맛이란 게 뭐야."

"맛이란 건 말이다. 사람을 좋아하게끔 행복하게 하는 것이란다."

"응 엄마 맛이란 건 다양해. 배고픈 것도 맛이거든."

"그럼 가영아 내가 한번 안아 보자꾸나."

가영이는 엄마 품에 안겼다. 그리고 품이란 건 잊을 수 없는 그 무
엇과도 같았다.

소진이가 소리를 마중 나갔다. 소리의 발자국은 가볍게 들려왔다.
엄마가 소리에게 어디를 가고 싶어 하였다. 반월당 쉼터에 들렀다.
그리고 분수대를 바라보며 소리의 등을 안았다.

"소리야 지저귀는 물들의 방울 소리가 사람을 흥겹게 하네."

"엄마 학교의 언니들이 마법을 하나씩 배우는데 엄마는 무엇을 가
르쳐 줄 거야?"

"소리야 엄만 네가 마법학교에 다니는 것만으로 부족한 게 없단

다.”

“엄마 왜 있잖아. 사람이 왜 분수대를 보면 시원해하고 좋은 생각을 가지는지.”

“소리야 이 세상에 족한 게 하나 있단다. 있다는 것만으로 큰 힘이 되는. 난 네가 있어 이 세상을 다 가진 것 같애.”

“엄마 그게 마법이야.”

“그럼 마법보다 더 중요한 마법이야.”

“엄마 알았어.”

소리는 가방의 흙먼지를 툴툴 털어 보았다.

소진이가 소이에게 전화 부스에서 전화를 걸어보았다.

“소이 씨~.”

“어 소진 씨.”

“우리 과거의 동네로 여행가는 건 어때요.”

“흠~ 그래요.”

소진이와 소이는 아침부터 바빴다. 그리고 딸들을 데리고 나왔다. 아영이는 그영이를 집으로 놀러오라고 하였다.

“그영아 가영이 데리고 우리 집에 놀러나 한번 와?”

“응 괜찮을까? 은민 씨도 있는데.”

“은민 씨 지금 공원 갔어.”

“그래, 나 화장 좀 하고.”

“그래, 있다 보자.”

아영이가 집 전화 수화기를 놓았다. 그리고 집을 나왔다. 마트에 들렀다. 장을 보기 시작하였다. 사람들이 물품을 사느라 분주하였다. 아영이는 마트에 냉면을 여러 개 샀다. 그리고 육수도 여러 개 샀다.

라면이며 카레 수프 향신료를 샀다. 입구 쪽엔 라면을 보고선 짜장라면을 여러 봉지 샀다. 그리고 마트의 카트를 끌며 계산대로 갔다. 계산하였다. 마트 봉지에 두 곳에다 물품들을 담았다. 무거웠다. 그리곤 마트 정문을 나오며 길을 건너 택시를 탔다. 그영이는 아영이를 집 앞에서 기다리고 있었다. 아영이가 무거운 마트 두 봉지를 간신히 택시에서 꺼내며 내렸다. 아영이가 그영이를 보았다.

"그영아 왔어."

"무거운데 하나 이리 줘. 왜 그리 많이 샀어."

"응 마트에 자주 가질 않아서."

원룸 입구 쪽에 택시 한 대가 서는 듯하였다. 애들과 어른이 택시에서 내리는 듯하였다. 엄마와 애들은 소곤소곤거리며 내렸다. 아영이와 그영이는 어른과 애들을 보았다. 그런데. 그영이가 말을 하였다.

"이게 누구세요."

"네."

"아 그분이네."

그영이가 말하였다.

"아 네~ 그영 씨군요."

소이가 말하였다.

"아~ 대구에서 뵙던…"

소진이가 말하였다.

"다들 올라가죠."

아영이가 말하였다. 아영이는 말로만 듣던 분을 다 만나보았다. 아영이는 주방에서 냉면을 갈기갈기 찢었다. 그영이 소진이 소이도 냉면을 하는데 거들었다.

"은민 씨와 살면 안 불편하세요?"

소진이가 말하였다.

"말로만 듣던 아영 씨가 대개 이쁘네요."

"다들 이쁘다 그러죠. 그런데 말뿐이죠."

소이의 말에 아영이가 대답해 주었다.

"언니 방학 숙제했어."

소리가 수이 언니에게 물었다.

"글쎄 다 한 것 같기도 하고 너는."

"나도 그래 언니 마법이란 게 뭘까 싶어 엄마가 그러셔."

"난 다 했어."

가영이가 말하였다.

"그럼 놀면 되겠네."

수이 언니가 말하였다.

가운데 방에 밥상 두 개가 깔려 있었다. 그리곤 엄마들이 냉면들을 하나씩 놓으며 김치도 중간중간에 놓았다.

"얘들아 이리 와."

소진이 엄마가 말하였다.

엄마들은 소곤소곤하였다. 애들도 자기네끼리 소곤소곤하였다. 창밖으로 비가 내렸다. 아영이가 주방에서 감자전을 하고 있었다. 냉장고에 주스를 꺼냈다. 냉면에는 오이가 들어가 있었다. 그리고 얇게 썬 양념 무가 들어가 있었다. 애들은 밥그릇에 담은 냉면을 조심스럽게 먹었다. 엄마들은 애들이 먹는 음식을 도와주며 냉면도 천천히 먹었다. 아영이가 사이다를 엄마들에게 주었다. 엄마들은 점점 죽치는 것 같았다. 현관에서 소리가 났다. 은민이는 많은 신발이 웬일인가 싶었다. 방에서는 소곤소곤 이야기가 끊이지 않았다. 그리고 웃는 소리도 들렸다. 은민이는 비에 젖어 있었다.

"은민 씨 샤워부터 해요."

은민이는 중간 방을 보며 욕실에서 샤워하였다. 아영이가 속옷과 평상복을 주었다. 그영이가 가려고 하였다.

"그영아 자고 가."

"아니야. 가영이 부탁해."

그영이는 주섬주섬 준비하며 가영이에게 언니와 동생들과 놀도록 하였다. 가영이는 신이 나선 지 엄마를 따라가지 않았다. 그리고 큰 방에서 애들은 놀았다. 소진 씨와 소이가 대화를 나누었다. 아영이는 애들과 같이 있었다. 은민이가 욕실을 나와서 베란다로 갔다. 그리곤 담배를 피웠다.

"은민아 잘 있었지. 소진 씨와 와봤어. 아영 씨가 좋아."

은민이는 소진 씨를 흘깃 보았다.

"그렇게 혼자 사시더니만 같이 산다구요."

소진이가 말하였다.

"네. 집에도 다 오시고."

은민이가 한참 생각하였다.

"그래요. 내 사랑이 누구냐고요."

"아 그게."

소진 씨는 머쓱했다. 은민이가 담배를 다 피우고선.

"놀다 가세요. 자고 가든가요."

은민이는 작은방으로 갔다. 그리고 누워 버렸다. 소이가 들어왔다.

"은민아 고생이 많아."

"아니야 나 아무렇지도 않아."

소이는 머뭇거리다 방을 나왔다. 소이는 신떡볶이를 시켰다. 주문을 한 것이었다. 그리고 피자를 시켰다. 아영이가 감자전을 들고선 은민이와 같은 방에서 먹었다. 수이가 조용히 베란다에 가 보았다. 그리고선 화분에 자신의 돌 반지를 놓아두곤 화장실에 갔다. 엄마가 조용히 나와보곤 냉장고에 문을 열었다. 그리고 물을 컵에 따르기 시작했다. 엄마는 물을 조금 마시며 싱크대에 올려놓았다. 그리곤 방으로 들어가 버렸다. 소진 씨는 잠이 들어 버렸다. 밖에서 딩동 하는 소리가 들렸다. 소이가 나가 보았다. 그리고 계산하였다. 소이가 신떡볶이를 주방에 올려놓으며 밖으로 나가 피자를 기다렸다. 어두운 골목 사이로 어느덧 배달 아저씨가 왔는 모양이었다. 소이는 계산하였다. 그리고선 피자를 들곤 집으로 올라왔다. 애들은 텔레비전을 보며 이야기를 나누었다. 소이는 피자도 싱크대에 올려놓곤 은민이가 있는 방으로 갔다.

"아영 씨 수고가 많으세요. 시끄러울 텐데."

"아뇨. 소이 씨가 수고가 많죠. 저 때문에…"

"아니에요. 전 아무렇지도 않아요. 그럼요."

"먼 길을 오느라 고생이실 텐데."

"아니에요."

소이가 말하였다.

"전화나 자주하지. 그래 애들은…"

"큰방에 있어."

"애들은 처음이겠지. 이런 곳에."

"애기 아빠가 보고 싶어서 애들도 보고 싶어 할까 봐? 소진 씨가 같이 와보자고 한 거야?"

"어휴 애들이 엄마 말은 잘 들어."

"그야 클 때는 다 그렇지. 그리고 마법학교에 다녀."

"자주 놀러 와. 애들도 보고 싶으니."

"어휴 애들이 보고 싶긴 보고 싶은 모양이로구나."

"그래 애들이 보고 싶지. 그리고 난 잘 지내니 걱정하지 말어."

"……"

"우리 피자나 먹을까?"

소이가 일어났다. 그리고 싱크대에 피자를 가져왔다. 소이가 피자를 뜯기 시작했다. 피자를 뜯곤 아영 씨에게 하나를 건넸다. 아영 씨는 피자를 천천히 먹었다. 은민이는 피자를 들고선 한입에 넣곤 먹었다. 소이도 피자를 먹었다.

"다음엔 메가시티를 구경시켜 줄게."

"어떻게."

"은이 씨로부터."

"흠~."

"우리 집에도 가 봐야지."

소이는 좋은 표정을 지어 주었다.

마음

작은 존재들의 생물들이 살기에는 우리가 사는 지구와 같은 것이었다. 가상의 공간에서는 시공간의 차이라고 할 수가 있었다. 은민이가 김초엽 작가의 책 『우리가 빛의 속도로 갈 수 없다면』을 들고선 메가시티에 소이와 기차를 탔다. 메가시티는 공간적인 차원을 아름다움으로 하나의 세계를 말해 주었다. 주로 철로에서는 옛 과거 같았으나 우주의 공간을 말해 주었다. 은민이가 보기에는 기차는 빛보다 빨리 달렸다. 13부터 15까지 1박 2일로 다녀올 예정이었다. 편도 할 만하였다. 길이란 건 편도선이란 갑상선 호르몬이란 이곳을 지나듯이 마음은 방금 떠나온 세계와 같았다. 감각은 세포의 느낌과도 같았다. 꿈을 꾸듯 은민이는 창가에 기대어 보았다. 소이의 사진이 바람에 날아가 창가에 앉았다. 폰에서 소이가 준 작은 사진을 보려고 했었는데…. 은민이는 소이의 얼굴을 보고선 날아간 사진을 찾지 않기로 하였다. 또 다른 사진은 은민이의 책상 선반에 있기는 했는데….

소이가 은이에 대해서 물었다.

"은민아 은이 씨 못 볼 거야?"

"볼 수 있을 거야?"

"……."

"소진 씨가 귀띔을 해주었거든."

"……."

기차는 메가시티로 향하였다. 소이는 자신이 사는 곳으로 은민이와 가기를 기대하고 있었다.

"난 알아. 은이 씨가 누군지."

"……."

"소진 씨의 대해서도….."

은민이는 수이의 보내온 편지에서 알았던 것 같았다. 아빠의 사랑도 누구인지 수이가 보내온 편지에서 알았던 것이었다. 은민이는 사랑과 현실은 다르다는 것을 알아버린 것 같았다. 그리고 은이 씨의 마음은 알아가는 것이 아니라 아는 것이라는 걸…. 그리고 왜 사랑은 수이여야 되는지. 은민이는 왜 순례자들은 돌아오지 않는지. 순례자들은 가야 할 길을 택하여서인 것 같았다. 희진이가 본 외계인 루이는 왜 그림을 그려야 하는지 그리고 그 그림이 왜 과학적으로 설명할 수 없는지…. 은민이는 QR 코드를 통해서 알 것 같았다. 은민이는 은이가 있는 휴식 공간으로 갔다. 그러나 은민이는 은이가 로봇을 돌보는 걸 지켜볼 뿐 이곳을 떠났다. 소이와 함께….

소이는 버스를 타곤 은민이와 메가시티 정류장에서 내렸다. 차는 돌밭 길을 어찌나 잘도 다녔는지 서행운전을 했었는데 소이는 인도의 도로에서 아파트로 향하였다. 그리곤 아파트 엘리베이터를 타곤 소이의 집에 왔다.

　-띵동

　"어. 엄마."

　-덜커덩

　문이 열렸다. 수이는 문을 열어주곤 텔레비전을 보았다. 그리고 초코파이를 먹고 있었다. 물과 함께…. 텔레비전에서는 옛 방송인 마징가 만화가 방송을 하고 있었다. 은민이의 5살 때인 마징가 로봇 방송이…. 은민이는 소변이 마려웠다. 구석으로 보니 요강이 있었다. 급해선지 은민이는 요강에 앉아서 소변을 보았다. 소이는 된장국을 끓이고 있었다. 두부를 넣고선…. 은민이는 냉장고로 향하였다. 그리고 콜라를 보고선 마셨다.

　"은민아 자고 가."

　은민이가 알아들었는지. 텔레비전을 수이와 같이 보았다. 곧이어 수사반장이 방송을 하였다. 은민이는 가져온 책을 보고선 엎드려 베개를 놓아서 책을 보았다. 그리고 마법같이 책이 사라졌다. 은민이는 베개를 끼고선 수이가 보는 수사반장을 보았다. 최불암 아저씨가 오랜만이었다. 소이는 혼자서 된장국을 먹고 있었다. 나박김치를 먹고선 밥을 차려 주었다. 오이 튀김과 고추튀김을 차려 주곤 간장을 놓아주었다. 그러곤 수이 곁으로 가선 텔레비전을 보았다. 전설의 고향이 곧 방송이 될 것 같았다. 수이는 전설의 고향이란 무서운 프로그램을 좋아하였다. 귀신도 나오고 짐승도 나오고…. 은민이는 공책이 있어 일기를 썼다. 그리곤 밥상 겸 책상에 엎드려 버렸다. 그리곤 곤하게 자 버렸다.

　아침이었다. 수이는 텔레비전을 켜곤 보았다. 은하철도999란 만화영화를 보았다. 그러고선 간식을 먹었다. 엄마는 빨래를 하였다. 방망이 소리가 들려왔다. 은민이는 냉장고에 캔 커피를 마셨다. 밖으로 비행기 소리가 들렸다. 조금 있자 창밖을 보았다. 증기기관차가 소리를 내며 칙칙폭폭 지나갔다. 은민이는 스마트 폰을 꺼내며 집에 전화를 걸었다.

"아영 씨. 밥 먹었어요."

"네."

은민이는 전화를 끊고선 음악을 듣기로 했다. 팝송을 들었다.

-왓즈업 그리고 더 복서

은민이는 팝송 불렀다.

저금통에 스폰지밥이 웃고 있었다. 그리고 메모리 시계….

은민이는 짜장면을 먹었다. 차려진 짜장면은 단무지도 있었다. 그리고 김밥이 가지런히 놓여있었다. 은민이는 시내로 나가 보기로 하였다. 동성로 거리를. 버스를 탔다. 22번이었다. 파티마병원을 지나 동성로에 도착하였다. 한일극장에서는 터미네이터가 상영 중이었다. 은민이는 사랑과 영혼이라는 영화를 보기로 하였다. 아카데미 극장으로 갔다. 소이는 집에서 다림질하고 있었다. 은민이는 데미 무어의 주인공과 패트릭 스웨이지가 주인공인 영화를 잘 보았다. 그리고선 대구백화점의 노점에서 사랑과 영혼의 카세트테이프를 하나 샀다. 소이가 전화가 왔다. 은민이는 스마트 폰으로 전화를 받았다. 그러곤 주머니에 넣었다. 은민이는 책을 사러 서점을 둘러보았다. 알라딘 서점으로 갔다. 『아듀』란 책을 사곤 소이 씨 집으로 다시 버스를 타고 왔다. 소이 씨가 메주를 담고 있었다. 그리고선 무 김치를 하고선 저녁을 차려 주었다. 떡국이 차려진 것으로 보아 이상하기도 하였다. 소고기가 없는 것이다. 그런데 떡국이 맛이 있었을까? 은민이는 국물째로 비워 버렸다.

"소이야 하루 종일 돌아다녀서 피곤하네."

"그래, 피곤하지."

소이가 이불을 깔아 주었다. 은민이는 발을 대충 씻으며 이불을 덮고선 잠을 잤다.

은민이가 아침에 일어났다. 저녁이었다. 메가시티에 갔다 온 얘기를 아영이와 이야기를 하고 있었다. 아영이는 평범했으며 저녁을 차려 주었다.

"은민 씨 카세트테이프 고마워요. 그리고 카세트."

은민이는 깜박 두고 온 책 『우리가 빛의 속도로 갈 수 없다면』을 찾았다. 그러나 은민이는 찾지 못하고 냉장고에 캔 커피를 꺼내며 땄다. 아영이는 텔레비전을 보고 있었다. 광고 방송을….

아영이가 아침밥을 해주며 세탁기를 돌렸다. 그리고선 우유를 타서 마셨다.

"그영이가 마트에 같이 가자는데."

"마트로 가려구."

"고로케나 사 먹으려구."

"그러셔. 난 이모 집이나 가 보지."

은민이가 선풍기를 틀었다. 그리고 씻은 참외를 껍질째로 한입을 베고선 먹었다. 아영이가 감자를 삶아서 은민이 앞으로 왔다.

"밖에 비가 와. 오늘은 집에 있자. 은민 씨."

아영이는 삶은 감자의 껍질을 천천히 벗겨 보았다. 소이에게서 전화가 왔다.

“뭐해.”

“응 감자 먹고 있어. 삶은 감자.”

“알았어.”

그러고선 소이는 전화를 끊었다. 아영이가 은민 씨와 이야기를 나누었다. 은민 씨는 주로 경청하였다. 그러고선 삶은 감자를 먹었다. 비가 많이 왔다. 그리고 홍수가 나 버렸다.

은민이는 소진 씨를 생각하였다.

(남자의 사랑은 때가 되면 알 거예요.)

은민이는 은이 씨에게 전화를 걸었다. 은이 씨가 받지를 않았다. 그리고 소이 말로는 은이 씨가 김천으로 이사 가기로 하였다는 것이었다. 은민이는 곰곰이 생각해 보았다. 자기의 고향을 떠날 수 있는지….

은이 씨는 과거의 동네인 김천으로 이사를 왔다. 그리고 사무실을 차렸다. 소설가가 되기 위해서 일반 사무실을 차린 것이었다. 은이 씨는 집과 사무실이 거리가 있었다. 그리고 SF소설을 썼다. 다가오는 미래는 그러하였다. 참으로 겸손한 일이었다.

선이 씨가 김천으로 이사를 왔다. 그리고 은이 씨와 같은 사무실에 근무하였다. 작가의 길은 멀고 험하였다. 선이 씨는 동화소설을 한 편 내고선 작가가 되었다. 그리고선 교회를 나갔다. 사후의 세계란 선이 씨에게는 소중한 것 같았다. 선이 씨는 사랑이란 두 번째 소설집을 내고선 이야기의 전개를 꾸려 나갔다. 천국에서는 영원히만 존재한다는 것을….

1초강은 빛의 속도로 1광년을 1초에 갔다. 1초민은 1초에 1만 광년을 갔다. 우리 은하를 여행하는데 1초민은 단 10초 걸렸다. 안드로메다은하까지 250만 광년을 250초 만에 가곤 하였다. 3분 정도 걸렸다는 것이었다.

은민이는 전자가 우주에 얼마나 되는지 세어보았다. 그런데 엄청난 계산일지 몰라도 43경이란 0의 숫자가 나왔다. 이런 계산은 단순의 진리였다. 200억 광년을 우주 밖 소식이 전해 왔지만, 우리가 본 이 우주가 다가 아니듯 『우리가 빛의 속도로 갈 수 없다면』 1백만 광년을 1초에 가는 1초엽으로 우주를 여행하면 20,000초 되는 우주를 1시간의 여행을 할 수가 있었다. 다만 안전성에 고려한다면 우주의 길을 만들어야 하는 것이었다. 그것은 아직 알 수가 없는 과거의 문제였다.

몬스테라는 흙과 맞닿은 줄기 아랫부분이 썩었다. 은민이는 줄기와 뿌리 맞닿은 부분을 따 버렸다. 그리곤 작은방 책꽂이에 두었다. 몬스테라는 사랑의 행로에서 축복받기를 원할 것이었다. 감사함이 무엇인지 소중한 것은 무엇인지 몬스테라가 위안이 될 것이었다. 몬스테라는 위안의 감사함을 받아드리는 긴 세월의 날일 것 같았다.

소이

소이는 메가시티에서 소진이를 만났다. 소진이는 메가시티의 과거의 동네로 가며 살고 있었다. 소이는 소진 씨가 왜 사랑을 찾는지 물어보고 싶었다. 소이는 사랑이라면 배우자인 은민이일 텐데 왜 소진이가 은민이의 사랑이어야 하는지 알고 싶었다. 소진이는 말하지 않았다. 왜 자신이 은민 씨를 사랑하여야 하는지…. 메가시티는 화려하였다. 그러나 메가시티의 과거는 옛 모습을 하는 것이었다. 소진이 따라 소이는 과거의 메가시티로 갔다. 소진이는 메가시티 과거의 동네에 있었다. 지금의 동성로 일대는 옛 과거의 모습으론 번화가였는지 몰라도 시대적으론 지금과 차이가 있었다. 대구가 과거에는 도시 규모가 그다지 큰 편은 아닌 듯싶었다. 메가시티는 무서운 규모의 건축환경이며 정보망이었다. 돈을 주머니에 들고 다니던 은민이는 상가에 지갑을 팔아도 불편해서 사지 않았다. 그리고 많은 돈을 들고 다니질 않았으며 지하상가 규모도 작았다. 은민이는 대구의 과거를 알았다. 하지만 날이 갈수록 바뀌는 대구는 은민이에게는 무슨 의미로 와 닿는지도 몰랐고 번쩍이는 건물들은 무섭게 느껴졌다. 그리고 그곳에 한 번도 들어갈 수 없는 것은 은민이가 모르기에는 당연한 것 같았다. 암호가 있으며 지금의 청년들과 세월의 차이는 있는 듯하였다. 그리고 스마트 폰. 은민이는 스마트 폰에 노예가 된다는 게 겁이 났다. 더욱 놀라운 것은 요즘의 세대에선 그런 것을 모른다는 것이었다. AI나 인공지능이 인간의 능력을 능가해 버리면 지금의 은민이 세대에선 컴퓨터의 이전에 시대를 가르칠 수 없는 것이었다. 이어폰을 귀에 끼우거나 텔레비전을 즐기는 거나 스마트 폰을 하루 종일 보면서 사람을 모른다는 것은 아무리 봐도 은민이로서도 겁이 나는 것이었다. 더욱 겁이 나는 것은 컴퓨터가 인간을 지배하면 어떻게 되는 것이었다. 지배자는 뒤를 돌아보지 않는다는 것이 있다. 그것은 빼앗기면 절대로 가질 수 없게 되는 것이 있었다. 컴퓨터는 하나가 바보다. 인간은 하나가 어리석다. 컴퓨터를 지배하려는 것은….

은민이는 친구들과 놀 때면 집에서 지내던 때를 생각하였다. 지금으로선 생각인 것이었다. 그때로선 현실이었는지 몰라도. 그리고 은민이는 과거의 동네에서 혼자 살고 있는 것이다. 독신의 법칙은 아무도 모른다. 독신으로 살기 전에는. 은민이는 계산으로 살지는 않았다. 다만 이 시대에 문자며 계산이 있다는 것은 현실에서는 이러한 것들을 구분하여야 한다. 그리고 은민이는 소설가다. 등단은 하지 못했지만, 이 시대의 소설은 현대적으로 무엇을 반영하여야 하나. 은민이는 소설에 절대적으로 현실을 반영하지 않았다. 그리고 과거를 쓰는 소설가이다. 은민이는. 인간관계는 무서움으로 변해갔다. 어릴 적 순수한 날들이 더 귀중하듯 못 먹고 자란 때가 더 이 시대를 가르칠 수 있는 법인 듯하였다. 현시대에선 가르침이란 어떤 것일까? 은민이는 소설가의 능력을 믿으며 앞으로 소설을 지나온 얘기처럼 현실을 반영할 것이었다. 소설은 뭐니 해도 감동을 줄줄 알아야 하였다. 삶에 대한 법칙들을….

소진이는 은민이의 사랑을 바랐다. 그것은 현실의 소이보다 과거의 소이인 소진 씨를 더 사랑하여야 하였다. 과거를 기억하기란 어려웠다. 소진이는 알고 있었다. 소이가 소진이였지만 지나온 소이의 발자취가 소진인 것이었다. 소이가 소진이를 만난다는 것은 지나온 버릇을 하나씩 새겨 보는 것이었다. 그러나 소진이는 살아 있었다. 소이의 마음에. 은민이가 소이에게 사랑을 바란다는 건 소이의 과거를 충분히 뺏는다는 것밖에 되지 않는다는 것이었다. 자신을 사랑하고 자신의 자유를 누릴 수 있는 현실이 필요한 것이었다. 은민이는 여자의 마음을 그냥 받아주진 않았다. 그리고 책임질 수 있는 부분이면 지켜줄 뿐이었다. 남자이기 때문에. 욕심 때문에. 은민이는 그런 것이 아니었다. 평생에 못다 든 철이 들게끔 지금도 못난 자아를 섬기는 것이었다. 사랑을 줄 수 있으며 지켜줄 수 있을 때 은민이는 여자에게 바라는 것은 더 없었다. 사랑은 할 수 있었다. 그런 은민이에게는 사랑은 할 수 있는 게 아니었다. 소이에게는 사랑을 받는 것인지는 모르나 항상 그랬듯이 이 우주가 안아줄 때 사랑을 받는 것이었다. 은민이는 사랑을 하는 게 아니었다. 사랑을 줄 수 있는 것이었다. 이타의 마음은 품과 같은 것이었다. 누구를 존중해 주고 아껴 주는 것이었다. 사랑하는 사람이 있어요. 그 말을 할 때쯤이면 무엇일까? 여자의 마음은 사랑을 빼앗는 것이다. 그렇게 하여야만 여자를 조심하는 게 아닐까? 은민이로서도….

여자는 남자로 봤을 땐 너무나 하늘 같은 것이었다. 한편으론 남자가 하늘이라는 말이 있는데. 여자는 남자를 헤아려 주는 것이었다.

소진 씨는 소이에게 자신의 딸을 부탁한다며 이다의 세계로 갔다. 이다의 세계에서는 은민이 동네에서 멀지 않았다. 그리고 그곳이 이다의 세계였다. 신음동 사거리는 과거의 동네와 현실을 연결해 주는 이다의 동네였다. 이다는 수를 놓았다. 그리고 아무도 모르게 이다는 존재하였다. 이다는 아픈 것이 아니었다. 그리고 소진 씨는 고로케 빵을 팔고 있었다. 은민이는 소진 씨를 사모할 때쯤 소진 씨의 사랑을 알았다. 소진 씨는 은민 씨를 은근히 괴롭혀 왔다. 그것이 은민이의 사랑이었을까?

소이의 생일이 다가오고 있었다. 은민이는 소이의 생일이 다가와도 해줄 것이 없어 보였다. 소이는 바라는 그 무엇이 없는 듯하였다. 소진 씨가 메가시티에서 떠나고 소이는 소진 씨가 은민이를 사랑하기를 바랐다. 소이는 소진 씨가 은민이를 믿어주길 바랐다. 메가시티에서 두 딸을 보살피며 소이는 은민이를 생각하였다. 그리고 은민이도 소진 씨를 사랑하기를 바랐다. 과거를 사랑하는 소진 씨에게는 믿음의 중요성이 과거에 있는 듯하였다. 은민이는 고로케를 사 먹으러 소진 씨 가게에 갔다. 소진 씨가 고로케를 봉지에 담으며 건넸다.

"어쩐 일로 여기까지 온 겁니까?"

은민이가 말하였다.

"그게. 은민 씨는 과거가 좋으세요."

"네. 전 과거가 좋습니다. 앞으로도 그럴 것이고요."

"네. 전 기억이 납니다. 은민 씨에게 괴롭혔던 날들이."

"그래서요."

"지금은 아니죠. 사랑이란 건."

"소진 씨가 말하는 사랑이란 게 뭐죠."

"그건 알게 되는 거죠."

"……."

"난 은민 씨를 믿어요."

소진 씨가 말하였다.

"그러게요. 사랑이란 건 믿음일 수도 있겠죠."

은민이가 고로케가 담긴 봉지를 챙기며 가려고 하였다.

"은민 씨 은민 씨에겐 사랑이 뭐죠."

"여길 떠나 주세요. 소진 씨가 있을 곳이 아닙니다."

은민이는 뒤돌아섰다.

"은민 씨. 저는 은민 씨를….."

은민이가 뒤돌아보았다.

"제 생일이 다가오고 있어요."

소진 씨가 말하였다.

"좋아요. 갖고 싶은 게 뭐예요."

은민이가 말하였다.

"……."

"말씀을 안 하시니 전 가 보렵니다."

"은민 씨. 제발 가지 말아주세요."

은민이는 생각을 잠시 하다가 뒤돌아보지 않고 가 버렸다. 소진 씨는 훌쩍였다. 그러나 다시 고로케를 만들며 은민 씨의 사랑을 생각하였다. 그리고 손님이 오면 고로케를 팔았다.

소이에게 전화를 걸었다. 소이는 메가시티에서 소진 씨의 전화를 받았다.

"소이 씨."

"소진 씨 왜 그래요."

"은민 씨가 가 버렸어요."

소이는 생각하다 소진 씨에게 말하였다.

"소진 씨 은민이는 그런 사람이 아니에요. 기다려 보세요."

"그럴까요."

"걱정하지 말아요. 다시 올 거예요."

"소이 씨 부탁이 있어요."

"무엇인데요."

"메가시티의 집을 정리하고 이다의 동네로 오세요. 소이 씨는 이다에서 저하고 함께하여야만 해요."

"흠~ 과거로만 머무는 소진 씨가 이다를 바라는 건."

"과거도 이다로 되어 있어요. 과거를 알 때 이다도 아는 것이죠."

"좋습니다. 소진 씨 메가시티에도 살았으니 이제 이사도 가야죠. 집을 좀 알아봐 주세요."

"그래요. 저하고 같이 살아요. 이다에서 제가 알아봐 드리죠."

"그래요. 소진 씨 저하고 같이 살아요. 소진 씨 마음 이해해요."

"고마워요. 소이 씨."

소이의 생일이었다. 사실 소진 씨는 소이보다 1살이 많았다. 소이는 며칠 안에 이다의 동네로 이사를 왔다. 그리고 소진 씨와 함께 살았다. 애들은 마법학교에 다시 다녔다. 소이가 고로케 22개를 큰 봉지에 사서 은민이의 집의 배달을 해주었다.

-은민이에게

은민아 세상에는 기쁜 일과 슬픈 일이 있어.

슬플 때도 함께하는 미덕이 세상에는 제일이라 생각해.

은민이도 아시다시피 난 은민이를 믿어.

언제나 함께하기를 바라며 고로케를 아영 씨와 맛있게 먹기 바라.

그리고 나 이사를 왔어. 소진 씨가 함께 살아. 사랑해….

소이가

소이는 소진 씨에게 사랑이란 걸 무척이나 무엇인지 따져 보았다. 그럴 때마다 소진 씨는 은민 씨의 사랑은 자기여야만 된다고 하였다. 아영 씨도 이 사실을 알아버렸다. 아영 씨는 은민 씨가 그런 남자인지 몰랐다. 그래서 결국엔 소진 씨를 집으로 초대해 보았다.

"소진 씨 사랑이란 건 흔한 거잖아요."

"흔한 게 사랑이죠. 흔하지 않은 것도 사랑이고요. 사랑으로 뭐든지 할 수도 있구요."

"그럼 소진 씨는 왜 은민 씨를 택한 거죠."

"그건 사랑에 대한 질문이 아닐까요."

소진 씨는 차분히 답변해 주었다.

"저 그영 씨 집으로 다시 갑니다. 사랑이 위대한지 소진 씨의 답변에서 살아보세요. 은민 씨도 더 이상은 사랑을 외면하지는 않을 거예요."

"네. 그영 씨가 이해해 주시니 알겠습니다."

소진 씨는 흐뭇하였다.

며칠이 지났다. 그영 씨는 약속대로 그영이 집으로 갔다. 소진이가 소이와 함께 고로케를 팔면서 은민이를 기다렸다. 은민이는 소진 씨의 가게에 며칠이 지나 들렀다.

"소이야 나 더 이상은 안 되겠어. 소이가 집으로 들어와."

"은민아 난 갈 수 없어."

"그게 왜."

"난 소진 씨를 이해해야 해."

"소진 씨가 왜 소진 씨는 소이와 다르잖아."

"아니야. 소진 씨가 은민이를 사랑하나 봐."

"그래서."

"소진 씨가 은민이를 챙겨줄 거야."

"그게 사랑인 건가."

"아무튼 같이 살어. 소진 씨는 사랑밖에 몰라."

"대단한 여자네. 그렇게 하라고 해. 얼마나 지조 있는 사랑인지."

"정말 소진 씨와 같이 살 거야."

"살라면 살아야지. 날 사랑한다는 사람이 있다는데."

"그럼 이혼해 줘."

"알았어."

"은민이도 보통이 넘는구나."

소이는 끝말을 흐리고 말았다. 사랑이 무엇인지….

은민이를 보내고 소진 씨와 소이가 대화를 나누었다.

"은민 씨를 사랑해."

"물론이야."

소진 씨가 답변하였다. 그러곤 소진 씨는 고로케 한 개를 씹어서 먹었다. 참 맛있게 느껴졌다. 밤하늘은 맑았다. 가을이 밤하늘을 시원하게 하였다. 소진 씨는 은민이를 생각하며 콜라를 마셨다. 소이는 보고만 있었다. 소진 씨의 사랑을….

그렇게 소진 씨는 사랑만을 찾았다. 소이는 웃었다. 그리고 자리를 떠나주었다. 소이는 건물 옥상으로 올라가 보았다. 밤하늘에 별이 많았다. 그리고 눈물이 날 것 같았다. 소이는 은민이와 함께하지 못한 날들이 미안한 생각이 들었다. 은민이가 자신을 위해 살아왔던 것 같은 날들이 소이는 알아야만 할 것 같았다. 그리고 미련이 남았다.

-은민아. 사랑해

소이는 웃었다. 그리고 지나온 날이 눈물이 흐르게 하였다.